赴美日记

America Diary

张天清 著

百花洲文艺出版社
BAIHUAZHOU LITERATURE AND ART PRESS

图书在版编目（CIP）数据

赴美日记 / 张天清著. -- 南昌 : 百花洲文艺出版社, 2018.9
ISBN 978-7-5500-2957-6

Ⅰ. ①赴… Ⅱ. ①张… Ⅲ. ①日记 - 作品集 - 中国 - 当代 Ⅳ. ①I267.5

中国版本图书馆CIP数据核字（2018）第179288号

赴美日记
张天清 著

出版人 姚雪雪
责任编辑 胡青松
书籍设计 绛 紫
制 作 何 丹
出版发行 百花洲文艺出版社有限责任公司
社 址 南昌市红谷滩世贸路898号博能中心一期A座20楼
邮 编 330038
经 销 全国新华书店
印 刷 江西千叶彩印有限公司
开 本 720mm×1000mm 1/16 印张 21.5
版 次 2019年2月第1版第1次印刷
字 数 180千字
书 号 ISBN 978-7-5500-2957-6
定 价 59.00元

赣版权登字 05-2018-327

邮购联系 0791-86895108
网 址 http://www.bhzwy.com
图书若有印装错误，影响阅读，可向承印厂联系调换。

前面的话

这是写于2015年的日记。

既是日记，就比较随意、比较随性，也比较零碎、比较表象，不如散记游记那么优美抒情，不如散文杂文那么凝练隽永，不如专题专论那么深刻独到。它只是我某时某地的所见所闻，甚至是偶然的瞬间的不经意的见闻，只是我当时的触景生情、有感而发，而且由于在美国时间过于短暂，在美期间又多局限于新闻宣传文化领域，所记所思所感不免粗浅、狭窄。

时间已过去多年，世界发生了很大变化，美国也是换了人间。但为了保存当时的真实记忆、真情实感，在整理时并没有对基本素材和观点进行“与时俱进”的删改和完善，只是增加了一些材料和事例，进行了一些文字的修改和润色。这也是为了留存一份资料，留住一段回忆。

由于对美国是初次接触，由于许多所见所闻并未也没有时间去考证辨析，由于不少材料来自于网络空间，也许文中有的数据、资料并不完全准确，有的甚至可能有误。在此谨表歉意。

在日记整理过程中，一直得到好友和家人的指点鼓励，得到出版社同志们的指教帮助，得到美国一些同学、朋友的大力支持。尤其让我感动的是，我的小学老师、哈佛大学哈佛燕京图书馆中国研究馆员马小鹤先生百忙之中认真审改了全书，提出了很多很好的意见和建议，并为本书作序。只是文中多有溢美之词，实不敢当。整理过程中，还参考了大量已公开发表的文章、资料，在此一并谨表最诚挚的谢意。

美国和中国是世界上两个伟大的国家，是世界第一第二大经济体，中美两国人民加强相互交流，加深相互理解，增进感情，增加互信，不仅对于中美两国，而且对于全世界，都是一件好事、幸事。

但愿这本小册子对于读者朋友加深对美国的了解有一定的裨益。

作　者

2017年11月

序

马小鹤

上个月，张天清先生将其所著《赴美日记》稿件发给我，请我把关修改并作序，我觉得正是一个好机会，回忆一下我们之间的师生缘分。

1969年，我与其他九个上海中学生，主要是向明中学的同学，一起前往江西省寻乌县澄江公社龙岗大队插队落户。到了龙岗，暂时住下后，接着就是往下分到生产队。其中一个生产队名叫登豆岭，不通公路，从龙岗出发，要走8里山路（翻一个山头），环境比较艰苦。结果包括我在内的四个男生因没有弟弟、妹妹需要照顾，也没有慢性病，就自愿前往登豆岭了。我在登豆岭一待就是五年，与当地农民朝夕相处。

天清当时大概还没有上小学，只是登豆岭很多小孩之一，唯一给我们留下一点记忆的是，听说他不是父母亲生的，而是领养的。他的养父、养母就住在我们附近，辈分比较高，村民叫他们鹤龄叔公、佛娣叔婆，我们也就跟着大伙儿这么称呼，天清叫他们爷爷、奶奶。鹤龄曾担任生产队的会计，我的同学担任过出纳，有些交往。我则掌管过粮仓的钥匙，双抢、秋收的时节，负责晒谷，佛娣是一起晒谷的几个妇女之一。村民把钱粮交给我们这些人掌管，说明他们对我们是比较信得过的。

我们四个知青主要时间都出工，争取贫下中农对我们能有一个好的评价，不大顾得上家务，不大会种菜，常以咸萝卜干、咸鱼下饭。佛娣有时候看在眼里，会在自己菜地上摘点蔬菜，送给我们。我们也很少擦洗大锅的木头锅盖，常常黑漆漆的。佛娣叔婆是一个要干净的女子，平时自己总是收拾得整洁利索，对我们的锅盖大概有点看不下去，在晒谷中间休息的时候，曾拿起我们的锅盖，到河边洗干净。这些都是小事，但近半个世纪过去了，仍然记在我心里。上海知识青年远离家乡父母，佛娣叔婆这样待之犹如家人，终身难忘。

对少年天清的了解，是从我做民办教师开始的。生产队与我商量，是否愿意担任赤脚老师。也就是拿工分的教师。登豆岭有一所小学，设在四个自然村之间的一座旧祠堂。一位公办教师就住在祠堂的一间小房间里。祠堂的大厅里，并无墙壁隔断，就在天井的左右各放几排桌椅，一年级到三年级的学生分成三组坐在那里上课。由于师资短缺，就用复式教育。老师总是让两个年级的孩子做作业，给一个年级的孩子讲课。顾此失彼是必然的。一年级的孩子最多，其实是家长要下地劳动，没有时间照顾孩子，一年级的孩子还干不了多少家务，就送到学校来 ，总比让孩子留在家里自己玩放心一些。因此他们当中有的人没有铅笔、簿子，有的还背着更小的弟妹。二年级的孩子就大为减少了，因为这个年纪的孩子已经可以做点家务，尤其是女孩子，家长就不送他们来上学了。三年级的学生就更少了，女孩子基本上都不读三年级。这个小学有两个民办教师，除了我，还有一位张开炎，和我住在一个自然村，每天早晨我们一起在村头等一下，等来的小学生多了，就一起走到学校去。放学了，一起带着本村的孩子回村里。

这样的农村小学是很难教的，教的过程中，我很快意识到，孔夫子的"唯上智与下愚不移"的说法是有一些道理的。同样都是农村孩子，有的小孩连最基本的数字都很难教会。但是，有几个天资甚高的学生给我留下深刻印象，其中天清尤其突出，一教就会。数字教一遍，马上认识，加法、减法也学得飞快。汉字一教，转眼就可以默写。我不由心生疑惑，是否他父亲在家先教会了他？因为他养父鹤龄做过会计，识字，也会算术。于是一天放学回家，我带着他，顺脚就走到他家里去，正好鹤龄叔公在家，我就告诉他，天清读书异常优秀，是否事先在家里教会的？鹤龄叔公说并无其事。我说，那么这个孩子就是非常会读书。这个细节，我一直记得。它是否对以后鹤龄叔公、佛娣叔婆坚持送天清上学有所影响？我并不知道。

我们这些知青总是盼着招工离开农村，我觉得当民办教师，就不与农民一起下地干活了，要想劳动表现好，还是不做民办教师，所以后来又回到生产队干农活去了。

1974年，根据中央30号文件精神，如果家里孩子都插队了，可以有一个回城，俗称"独留"。我于是离开农村，回到上海，在生产组工作几个月后，到修建队当小工，直到大学恢复招生，考上复旦大学历史系。在复旦大学历史系读在职博士生期间，1988年哈佛燕京学社社长韩南（Patrick Hanan）到复旦来面试，我通过了面试，遂定于次年赴哈佛学习一年。此后换过几次工作，1999年重新回到哈佛，在哈佛燕京图书馆工作。这些年当中，浪迹天涯，不仅与江西寻乌县龙岗的乡亲们失去了联系，与当年插队的老同学也很少联系。

互联网的时代，只要想取得联系，机会还是很多的。当年相濡以沫、一起插队五年的老同学联系上我，告诉我，张天清一直在找我，希望与我取得联系。我也从来没有忘记这个特聪明的孩子，于是就与他通起电子邮件来。天清告诉我，他的儿子正在加拿大读书，他的妻子也会到北美来看望儿子，并想一起到波士顿来。于是我就邀请他们母子来我家一聚。聊天时才得知，我当时的感觉不错，天清确实聪明，是个读书的种子。他14岁就考取了江西师范大学历史系，毕业后分到江西省委宣传部工作。我当年在农村时，村里有一对夫妇，也没有孩子，领养了亲戚的孩子，但是孩子读了书，就不回来了，老夫妻晚境凄凉。但是天清却在还没有成家、工资收入极低、条件很差的情况下，就把鹤龄叔公、佛娣叔婆接到南昌，共同生活了20年。鹤龄叔公已去世，佛娣叔婆还健在。不过天清的儿子也留学了，佛娣叔婆就回寻乌家乡养老，天清夫妇每年都会回家看望她几次。天清在邮件中一再邀请我什么时候有空，他陪我一起回登豆岭看看。

2015年10月，我参加在厦门召开的一个图书馆方面的会议，那是离寻乌比较近的大城市，会议结束后，应该是与天清一起看看登豆岭乡亲们的好机会。于是，我与两位插队的同学约定，他们先到南昌与天清夫妇会合，然后由天清开车到南丰来接我。我从厦门乘动车到南丰与他们会合后，由天清开车3个半小时，到达登豆岭。40多年过去了，变化很大。现在公路一直修到登豆岭，村里有的农民有了小轿车，大多数有了摩托车，很少有人再爬山去龙岗（现在叫水源乡）了。村里还建了一个文化活动中心和文化广场。

农民都已经不种水稻了，改为种植脐橙为主，收入大为提高，万元户不少。村里也没有耕牛了，以前的牛棚就空着。我们也去看了我住过5年的一座两层楼的房子，这本来是一户富农的，是村里比较高、比较好的房子，现在由原主人的儿子住着。村里大多农民盖了新房子，有两层楼、三层楼的，还有不少四五层楼的。房子里都有客厅，厅里有大电视机，一圈沙发。张开炎和另一村民请我们吃饭，颇为丰盛，可见大部分农民早已解决温饱问题，可谓小康了。登豆岭的农民，老年的，都还记得我们，问寒嘘暖，各道分别以来的经历与目前的状况。有不少当年是与天清一样的小学生，如今也都人到中年，大部分生活得不错。

见到了分别已久的佛娣叔婆。天清此书也深情地谈到爷爷奶奶对他的教育："中国是千年古国、礼仪之邦，历来注重礼节、讲究礼貌。爷爷、奶奶虽然没有文化，记得我小时候，他们一直教育我，碰到了人一定要打招呼，对长辈不能直呼其名；来了客人一定要热情客气；要站有站相、坐有坐相；看见有乞讨的、残疾的，要给予帮助，决不能讥讽取笑。凡此等等，铭记一生。"（1月26日

《点滴感受美国公共文明》）佛娣叔婆继承了中国传统文化的不少优点，在其言传身教之下，不仅天清始终尊师重教，其子也彬彬有礼。

数天之后，天清又自己开车，把我送到瑞金再分手，我去厦门乘飞机回波士顿，他们回南昌，两个同学再从南昌回家。

这两年来，时不时会与天清联系，他曾说起写赴美日记，准备查些资料，补充修订后出版，曾来电子邮件问起赛克勒（Arthur M. Sackler）。回答这样的咨询，正是我做中国研究馆员的日常工作之一，加上我自己曾考证过弗莱尔美术馆（Freer Gallery of Art）所藏的两幅敦煌绢画，也认识在那里工作的中国研究馆员，于是把收集到的资料发给了天清（见本书1月26日《亚瑟·M·萨克勒与弗莱尔-赛克勒》一节）。最近天清发来全书，请我作序，遂欣然命笔。

这不是一般的旅游日记，谈谈山水风景，风俗人情。这是天清对美国很多现象的深入观察，经常与中国进行比较，分辨什么是长处，值得学习，同时又很清醒地看到美国的弱点，不必盲从。很多事实都经过仔细查对，就是像我这样在美国工作、生活多年的人，也未必知道这些事实。同时，又写得很有人情味，可以说是一本“有温度”的书。

1月21日《现场感受NBA比赛》就是一段火热的文字。因为天清平时对篮球并不感兴趣，所以并未预料到这场比赛会多么让他震惊。但是没有想到的是，他一到现场，那种氛围就立即把他融进了整个比赛之中。他坦承“精彩的球艺、狂热的观众，是今生所经历的任何赛事所无法相比的”。为什么有那样的吸引力？因为有一些国内转播所没有的重要环节和项目。其中一个是比赛开始时全场自动起立齐唱国歌的场景令人极度震撼，令人热血沸腾。他说"在不在现场，冰火两重天。也是今天才搞明白，为什么美国NBA比赛那么火，收看那么热"。但他也生动地描绘了现场的不和谐音符：那持续刺耳的喝倒彩声音，而且是全场一致喝倒彩，甚至大骂"狗屎"等一些侮辱性语言，让你无法理解，无法忍受。他身后的几个赌球者的心绪更是难以自抑、几近癫狂，一会儿大叫，一会儿大笑，互相之间一直不停地攻击、谩骂着，有几次甚至有大打出手的架势。我看了这段描述，心想即使从来没有看过NBA（美国男子职业篮球比赛）比赛的人，也能通过他的文字，宛如身临其境。

书中很多地方都提供了详细的资料，比如：1月15日《中国：联合国'第一签字国'》讲述了按国家的英文字母顺序排签字先后顺序，中国成了最先签字的国家的故事；《洛克菲勒中心的壁画事件》讲述了墨西哥壁画家迭戈·里维拉为洛克菲勒中心绘制的《十字路口的人类》包含有列宁号召无产阶级革命的形象，最后被销毁的故事；1月18日《美国'第一州'》讲述了特拉华州在13个州中第一个批准了联邦宪法，从而成为美国第一州的故事……这些故事即使久居美国者也未必都知道。有时列举了成串的数字，比如：1月17日《黑人的地位与高犯罪率》列出了26个美国犯罪率最高的城市，1月18日《看不懂的美国消费税》列出了各州消费税税率，也是美国华人未必熟悉的。这本书是一本相当有知识性的读物。

更有价值的，是本书作为对美国的观察与思考，处处体现了作者爱国爱民的拳拳之心。这里仅举数例。

天清在介绍了美国厕所提供免费手纸、很多厕所设有家庭厕所（又称第三厕所）的情况以后，联想到国内的“厕所革命”。他回忆起10多年前，他带当时6岁的儿子回老家，面对粪坑式厕所，儿子死活不去，只好让他到田野中自行解决。而现在登豆岭村民早已全部用上了水冲式厕所，村里还建有一个集中的生态化粪池，建立了公共厕所（见1月26日《点滴感受美国公共文明》）。当年我们知青在村里时，都是使用村民的厕所，有多年的切身体会。而我们读中学时到上海郊区去劳动，那种粪坑式厕所则更令人望而生畏。2015年10月我们回登豆岭，不仅在文化中心的住处用上了水冲式厕所，到村民家做客，用的也都是水冲式厕所。确实如天清所言，如厕问题是一个带普遍性的世界性问题，它不仅与经济社会发展水平直接相关，而且还涉及思想观念、风俗习惯等诸多方面。

另一个例子是，万万没有想到，在纽约的街道上，包括最主要的繁华大街上竟允许售货摊点存在。特别令他惊诧的是，竟然随处可见现场加工煎炒食品的餐车。这要是在国内大城市，别说北京、上海，就是在一些省会也是不被允许的。他认为“‘人’才是城市的主体，对‘四小’（食品小作坊、小餐饮、小食杂店、小摊贩）怎么管理，体现了一个城市的发展理念、人文关怀，加强城市管理，维护城市整洁、提升城市形象，绝不是简单一禁了之，而应该一切以人为本、以人为中心，按照‘方便群众、合理布局’的原则进行规范化、人性化管理，这才是城市管理的最高境界”（见1月16日《大街上的售货摊点与餐车》）。我当年一到美国，就看到哈佛广场有售货摊点，离图书馆不远就有餐车，没有安顿下来之前，就在那里吃饭，倒并未引起多少思考。更引人注目的变化是哈佛大学范围内，在哈佛园（Harvard Yard）与科学中心之间有一大片空地，多年就是空着的土地。前几年学校将其铺成颇有艺术性的水泥地，天天有几辆餐车在此服务，每逢周二还搭上占半片空地的巨型帐篷，让各种小摊点在此服务。甚至还有销售鲜鱼的车辆停在帐篷外做生意。这显然为周围的小摊点提供了比较好的经营条件，也为哈佛师生员工提供了方便。对比之下，看到国内新闻报道城管与小摊点发生冲突，甚至出人命，也会有些感慨。哈佛并未因为自己是世界著名高等学府，就一律禁止小摊点、餐车在其土地上经营。难道国内的大城市就不能在维持城市整洁与允许小摊点营业之间找到一种平衡吗？

第三个例子是，天清在纽约观察到不少居民楼房外墙上建有简易的金属楼梯，这些都是老房子，过去没有建消防通道，政府强令所有老住宅必须按照统一标准和格式在外墙上加建消防楼梯。这让他大为感慨（见1月14日《老居民楼的消防楼梯》）。其实这种老居民楼的消防楼梯在纽约比较常见，也多次在电影、电视中出现，但是我以前并不了解其来龙去脉，看了天清的说明才明白。说起重视消防，我的生活、工作环境中都有不少实际例子。我所住的阿灵顿市就有不少消防站，常常看到消防车轰鸣着风驰电掣。因为波士顿郊区很多小独幢房子主要建筑材料是木料，如果一旦着火，蔓延开来，损失惨重。每家的房子里装有烟雾报警器，一旦报警，消防车很快就会前来。哈佛图书馆也每年要进行消防演练，每个人都要用一下灭火器。也进行消防预演，即发出假警报，但大家都很认真，全体读者与工作人员都要迅速撤离到指定地点，点一遍人头，确定员工都撤出来了。在消防方面，国内确实还有改进余地，但愿能吸收发达国家的先进经验，将灾难造成的损失减至最低。

此书涉及的方面相当广泛，主要则是介绍美国的教育、新闻、出版、图书馆、大学等，以及可以从中吸取的经验，总之就是精神文明吧。而我自己也长期在大学工作，有三年在新闻界工作，也就借为此书作序的机会，谈谈对书中的介绍和分析的体会。

天清联想到儿子在加拿大的学习经历，觉得美国、加拿大的大学本科让学生学习一两年后再定专业，更有自主性，选修制度也可以让学生涉猎各门学科知识，有利于知识结构的拓宽和优化。美国、加拿大的高等教育在尊重、激发学生的自主性和创造性方面很值得我们学习。中西教育各有特点，各有所长、各有优势（见1月11日《一个女留学生的自白》）。以我自己女儿的学习经历来看，中西教育确实各有优势。中国比较好的中小学，基础教育比较扎实，中国语文与美国英语教育很难比较，但数理化是比较容易比较的，在中国高质量中小学里比较一般的学生，到了美国往往能在数理化方面名列前茅。我有时感慨，美国的公立中小学教育真可谓是教育普通劳动者的，到了高中，则选修课颇多，得了学分，可以带到大学里去，其中西欧史、微积分之类的课程比较难。但是如果学生不选修，也照样毕业。想想如果高中毕业不再升学，而去就业，西欧史、微积分之类大概很少有用武之地。因此学生有很大自主性，可以修大量的选修课，把学分带到大学里去。我也接触过不少哈佛的本科、硕士、博士候选人，他们通常都是与我约定时间，谈他们计划中的中国研究，我就根据他们的计划向他们介绍有关的资料，主要是中文的纸本与电子资源，以及谈谈自己觉得从怎样的角度，用什么方法做此研究比较合适。交谈中体会到，学生从本科到硕士、博士，越是学得深，难度越是大。这有其合理性。如果你选择了读博士，当然是有志于成为这个领域里的专门研究者，如果不是特别热爱这个专业，愿意殚精竭虑做学问，为何要来读这个博士？何不趁早找一份工作，挣钱过日子？这与中国差别很大。在中国考取大学，特别是考取重点大学，竞争异常激烈。但是进了大学，在中小学苦读的学生们都松了一口气。按照施一公的说法，中国学生均值很高，但方差很小。这也许可以解释，为什么中国很多学生中小学数理化水平不错，但是中国的科技还没有领先世界。中国教育改革在这方面还任重而道远。

根据我对女儿在美国学习情况的观察和辅导，体会到要在美国的教育体制里让孩子坚持学习中文相当不容易。我孩子生活在华裔家庭里，小时候还在中国大陆、香港学习过数年中文，我也尽量循循善诱，不硬逼而引起孩子反感，她尚且没有达到国内大学生的平均中文水平，那么美国孩子要学习中文有多难也就可想而知了。天清介绍的美国人学中文升温的情况完全属实（见1月14日《在佩里媒体中心了解‘中文热’》）。我女儿应该是最早在美国参加SAT中文考试的孩子之一，以前有日文、韩文，但是没有中文的SAT。美国有些中小学也将中文作为学生可以选修的外语。在燕京图书馆的工作中，也不时接触到汉语流利的美国学生，主要是研究中国的学生。但是，从整体来说，汉语毕竟只是华裔第一代移民与少数美国人掌握的语言。这就不能不涉及一个更大的题目。

这就是书中所说的：语言文字是一种思想载体，也是一种交流工具，它的传播速度、普及广度以及运用程度是与国家的实力和影响力紧密相联系的。对这个问题我也有过一些思考。在古代，暂且不涉及撒哈拉以南非洲与美洲，只就旧大陆而言，汉字曾经与希腊文、拉丁文、阿拉伯文等一样，是一种“国际文字”。中国周边的日本、朝鲜、越南虽然未接受汉语，但普遍用汉字作为正式文字，还有西夏、契丹都模仿汉字而创制自己的文字。欧洲各个民族的语言五花八门，但有共同的学术语言文字：拉丁文。但是由于古代各个文明之间的接触还是比较有限的，中文的使用范围以东亚、东南亚为主，而拉丁文的使用范围以欧洲为主。近代以来，随着中国国力下降，中文对周边的影响力也逐渐下降。现在随着中国国力上升，周边国家也有加强使用中文的迹象。我碰到一些日、韩、越的访问学者，能讲流利的中文，在中国出版中文学术著作。近代以来，欧洲学界逐渐放弃拉丁文作为国际学术语言，纷纷改用自己的民族语言。学校课程中的拉丁文比重也逐步下降。英国崛起，成为世界工厂，又有大量学术成果，英语在各种欧洲语言中脱颖而出，独占鳌头。继而美国崛起，称霸世界，也有大量学术成果，更加强了英语的国际地位。但是，在学术领域里，德语、法语仍然有很高的地位。记得看过一些资料，按照学术成果的多少将一些语言排名，中文还是排在比较后的。这个语言文字的问题，与下文要谈的新闻、出版等等，都密切相关。中文要重新取得强势地位，直追英文、德文、法文，除了提升中国的政治、经济、军事力量之外，很重要的是在学术上取得强势地位。中国已经是第二大经济体，预计会成为第一大经济体，当然有利于中文地位的提高，但是购买中国商品未见得需要太高深的中文修养。中国强大的政治和军事地位当然也有利于中文地位的提升，但主要是有志于成为研究和处理对华政治、军事的专家和官员的年轻人会去学习中文。但是如果世界上最重要的文理工科研究成果以中文首先发表的最多，就像今天这些成果以英文发表的最多，那么外国人恐怕都会像今天学习英语一样去努力学习中文了。

中文在美国的地位基本决定了中文新闻在美国的地位。天清参观了ICN国际卫视，介绍了访问学者苏俊斌老师的观察：目前所有在美中文媒体都只是在华人圈内拓展，在美国主流社会没有任何影响（见1月13日《充满活力的ICN国际卫视》）。原因很简单，绝大部分美国人不懂中文，他们当然不会去阅读、收视中文媒体。如果中国媒体改用英语，结果如何呢？天清在参观凤凰卫视美洲台时，台长吴晓镛先生认为，央视准备向美国听众做英语节目是不可能成功的，因为解决不了"有人看"的问题。美国人不会看外国人办的英文频道。他建议要更多采取与国外合作的方式去摄制节目，比如，中日合拍的《丝绸之路》等（见1月28日《北美最具影响华文电视媒体——凤凰卫视美洲台》）。对此我深有同感。其实中国大可不必为此沮丧。即使德国、法国、日本来美国办英语电视，恐怕也没有多少美国人收看。稍微例外的可能是英国广播公司（BBC）的英语电视新闻，有时可以在旅馆中收看到。英国曾经是"日不落帝国"，其国际新闻达到了较高的质量，现在英国虽然不再独霸全球，但其国际新闻还是视野广阔、报道及时的。我在哈佛负责采购中文资料，刚开始并没有采购中日合拍的《丝绸之路》，但是很快有教授提出要采购这个纪录片，当然马上采购了。可见只要讲究艺术水平，真正把丝绸之路之类的题材拍好，不需要任何宣传，何愁没有影响？

中文书籍和资料库出版情况，与中文新闻有类似之处，但是也有很大的区别。如果你到美国的中文书店去看看，那么你会发现，主要是小说、衣食住行、中医、养生、算命、八卦、儿童图书之类的书，并不高端。这些读物像中文新闻（电视、报纸）一样，主要针对华裔大众，对美国主流文化没有什么影响。大量的中文学术论著以纸本或电子资料的形式集中在美国名牌大学的东亚馆里，供校内外师生、专家学者研读。曾有国内有关人员向我了解，如何让中国出版业走向世界。我根据自己的观察与思考，告诉他们，中国只有首先成为学术强国，然后才能从出版大国进步到出版强国。目前仅仅靠化大力气去把中文论著翻译成英文，是不会成为出版强国的。

天清介绍了美国的电子出版业：很多人以为，随着网络图书的出现，常规图书会走向消亡，事实并非如此。近几年虽然纸质出版呈下降趋势，电子出版迅速上升，但受电子出版冲击较大的主要是工具书，其他商业类、教育类、学术类、专业类、宗教类以及期刊出版都没有受到太大影响（见1月22日《快速发展的美国电子出版业》）我在实际工作中也体会到类似的情况，而且中国纸质图书的出版还在继续增长，可以称之为"中国特色"。燕京图书馆也仍然继续采购大量中文纸质书。一则许多新书并无电子版可供采购，电子出版还是要比纸质滞后很多，而研究者急需获得最新学术成果，不可能等到电子出版再做研究；二则哈佛师生、访问学者还是比较喜欢借阅纸质书，只有在没有纸质书的情况，才选择阅读电子书，聊胜于无而已。至于中文期刊、工具书，用电子版的读者越来越多。

讲到中文书籍、资料库的收藏，自然就要谈谈我比较熟悉的图书馆。美国的公共图书馆是非常发达的，相比之下，香港虽然是一个经济繁荣的大都市，其公共图书馆却不能望波士顿公共图书馆之项背。天清也用生动的笔墨描绘了纽约公共图书馆（见1月12日《纽约公共图书馆的管理模式》）。记得女儿小的时候，我最经常带她去的地方就是剑桥的公共图书馆，那里可以随便翻书，还有儿童图书馆员给孩子们举办种种节目。现在有了外孙女，图书馆也仍然是一个好去处。当然，公共图书馆收藏的中文书与美国中文书店的品种大致相同，主要是面向普通华裔读者的。同时，美国公共图书馆正在走向衰落。我曾带国内的图书馆领导参观波士顿公共图书馆。波士顿公共图书馆相当重视，派了部门负责人，带我们参观不开放的部分。我大为惊叹其收藏之丰富，恐怕旧书收藏不亚于哈佛。原因很显然，波士顿是美国历史名城，当年的公共图书馆自然财力雄厚，而哈佛作为一个私立学校当时规模尚小。但同时又惊叹波士顿公共图书馆如此丰富的藏书明显处于“休闲”状态，没有在线目录，只有胶片目录，读者只有亲临，使用胶片目录检索，然后告诉工作人员所要的书，工作人员才到书库里去帮读者找书。因此我们进书库里一看即知，这里长年累月很少人使用。哈佛更丰富的藏书则全部在线编目，对哈佛师生、访问学者几乎全部开架，只有善本书才需要工作人员取书，开架书库每天有工作人员将图书还架。与美国公共图书馆衰落的情况相反，中国的公共图书馆方兴未艾，还在迅速发展，这也是“中国特色”之一。

主要的学术性中文论著都收藏在国会图书馆和美国高校图书馆。天清详细介绍了哥伦比亚大学的中国研究情况（见1月16日《哥伦比亚大学与一位中国老人的故事》）。哥伦比亚和其他常春藤盟校，以及麻省理工学院、斯坦福大学、芝加哥大学、杜克大学（所谓Ivy Plus）、加州大学柏克莱和洛杉矶分校等是收藏中文资源最强的大学。常春藤盟校本来就由于各种机缘，与中国建立了学术交流，较早开始收藏中文资料，后来美国逐渐重视中国研究，有的基金会又重点资助这些学校发展中文收藏。近年来大陆经济迅速发展，出版、图书馆事业也日新月异。国家图书馆有“中国之窗”计划，上海图书馆有“上海之窗”计划，向海外图书馆赠送大量图书。但是刚开始的时候，具体操作也有误区，提供的书目，大部分是五洲出版社等用英、法、德、西、葡等各种语言出版的常识性小册子。可能经办人员以为这就是“讲好中国故事”。后来经过北美东亚图书馆馆员与国内图书馆领导沟通，才逐渐改变。其实大学东亚馆最需要的，并非阿拉伯语或印地语的介绍中国方方面面的小册子，而是重要的中文原始资料和各种学术专著。因为正是这些资料与专著才有利于美国汉学家的研究，而只有通过美国学者及访问学者的中国研究，以及把高质量的中文学术论著翻译成英文出版，才能真正有助于美国加深对中国的理解。

最后，我想简要谈一下我对中美关系的一些观察。从美国方面来说，当然并没有统一的对华理解、态度与行为。人以群分。美国2016年的总统选举中，特朗普（Donald John Trump）在竞选中指责中国令美国人失业，扬言要对中国征收45%的反补贴关税，承诺在上任第一天就把中国列为货币操纵国。他的基本群众也大致对华抱这种态度。记得看到一个报道，在失业严重的地区，凡是中国产品销售增长的地方，对中国的抱怨程度也随之增长。其实美国一些产业的衰落和工人失业有更为复杂的原因。但是这个群体基本上没有能力理解这些复杂的原因，特朗普和舆论给他们一个简单化的解释，就让他们信以为真。天清也介绍了美国社交媒体的发展，比如在网络上发表不负责任的言论、谩骂、贬损、欺侮他人等。美国目前最大的担忧，就是社交媒体管理上的无奈和失序给公民和社会造成了极大的不良影响，却又对此无能为力（见 1月20日《美国社交媒体的发展与管理》）。这还是2015年的观察，现在2016年的选举充分证明这不是杞人忧天。这个群体通过社交媒体，基本只看与自己观点相同的意见，把自己封闭在圈子里，甚至分不清现实与幻想。这个群体选出自己中意的人物，成为议员，甚至成为美国总统，执掌立法、行政大权，这不能不让人警惕。

美国国会议员通常为了争取自己选区的选票，对华态度也比较强硬，同时他们通常对中国没有什么专门研究。最近的表现是众议院通过了《台湾旅行法》，鼓励美国与台湾当局各个级别的官员间互访，包括国务院和国防部的官员。这种形势不禁使人联想起麦卡锡主义（McCarthyism）时代，当时不少美国人被指为共产党人或同情共产主义者而受到迫害。最轰动的为卢森堡夫妇（Julius Rosenberg、Ethel Greenglass Rosenberg），被指控为苏联间谍而被处死。钱学森也在此期间遭到迫害。

埃德加·斯诺（Edgar Snow）、艾格尼丝·史沫特莱（Agnes Smedley）、安娜·路易斯·斯特朗（Anna Louis Strong）、伊斯雷尔·爱泼斯坦（Israel Epstein）等记者队伍里的“中国通”在麦卡锡主义盛行期间，都受到不同程度的迫害。麦卡锡发表题为《国务院里的共产党》的演讲，声称他的手中有一份二百零五人的名单，他们都是共产党和间谍网的成员。他把约翰·S谢伟思（John S. Service）抬高成“整个国务院制定远东政策的十来个最高决策人之一”。他宣称：“谢伟思跟共产党的亲密关系是尽人皆知的。”谢伟思受到“忠诚审查委员会”的审查，最后被开除。曾前往延安考察的国务院老牌“中国通”戴维斯（John Paton Davies，Jr.）也被开除。

欧文·拉铁摩尔（Owen Lattimore）是美国著名汉学家、蒙古学家，著有《中国的亚洲内陆边疆》。三十年代初为北平哈佛燕京社研究员。1941年任蒋介石的私人政治顾问，后任职于战时情报局，负责太平洋战区工作。回国后不幸成为麦卡锡的主要猎捕对象，不得不离开故国，亡命英国。他凭着学术功底还能在英国里兹大学继续他的中国历史和文化研究，算比开除后只能靠体力活儿养家糊口的国务院“中国通”略好。

哈佛教授费正清（John King Fairbank）1941年被征召至美

国情报协调局工作，1942—1943年被派往中国，担任美国战略情报局官员，兼国务院对华关系处文官。后任美国新闻署驻华分署主任。他也遭到麦卡锡主义的迫害，1952年申请去日签证被驳回。在“谁输掉中国”的调查中，他被要求到国会作证。所幸哈佛大学这棵大树为他遮风避雨，他还能继续在哈佛任教，不至于流亡异国。

从这些例证可见美国本身的情况非常复杂。根据美国当代“中国通”、约翰·霍普金斯大学高级国际研究学院中国研究系主任蓝普顿（David Lampton）2015年分析，美中建交以来，长期执行“建设性的接触政策”，关系基本稳定。但是2010年以来发生了戏剧性变化，打破平衡的临界点越来越迫近。美国政策精英中的重要成员越来越倾向于把中国看作对美国“主导权”（primacy）的威胁，而在中国，一部分精英和民众将美国视作中国取得正当国际地位的阻碍，而且无助于中国维持国内稳定，持这种观点的人数正在增长。

特朗普竞选期间与上台一年多的形势验证了蓝普顿的分析。特朗普最近访华，达成总计2500亿美元的交易，自然让商界欢欣鼓舞，国内有些美国问题专家也将其视为特朗普外交亮点。但是特朗普中国之行后立马“变脸”，对进口洗衣机和太阳能电池板征收保护性关税，在国家安全战略报告中，宣布中国和俄罗斯寻求挑战美国权力，是削弱美国安全和繁荣的竞争对手。

特朗普身为总统，无疑比麦卡锡有更大的权力，更有群众基础，且处处效仿独裁者的作风，削弱国务院的权力，听不进不同的批评意见。所幸的是，还有很多制衡的力量，尤其是学界清醒的声音并未被消音。就像蓝普顿指出的，美国需要的是一场在媒体、政府官员、学者和公众之间广泛而明辨事理的讨论。从根本上来说，美国必须重新思考对“主导权”的定位，中国也有必要重新自量其力，并量力而行。用基辛格的话来说，就是要建立一个“太平洋共同体”。

正如天清在此书中指出的：美国和中国是世界第一、第二大经济体，中美两国人民加强相互交流，加深相互理解，增进感情，增加互信，不仅对于中美两国，而且对于全世界，都是一件好事、幸事。相信本书对于读者朋友加深对美国的了解有一定的裨益。

2017年12月于哈佛

CONTENTS

目录

1月26日（星期一 华盛顿）

1月27日（星期二 华盛顿—洛杉矶）

1月28日（星期三 洛杉矶）

1月29日（星期四 洛杉矶）

1月30日—2月1日（星期五，洛杉矶—上海）

MetLife

1月11日
星期日
上海—纽约

难忘的美联航

一直想有机会去趟美国。

能够近距离地感受美国、观察美国、认知美国、思考美国。

毕竟美国是世界上最发达的国家，是目前最具有国际影响力、控制力甚至破坏力的国家。

机会终于来了，而且这一去就是20天。

记得前几次赴欧美，大家对于乘坐哪个国家、哪个航空公司的什么航班都很在乎，必经反复比较、咨询，因为所选择的不仅仅是

服务，更重要的是安全。

我们搭乘的是美国联合航空公司的UA087航班。上海的起飞时间是11日下午4：30，航班非常准时，经过近14个小时的连续飞行，于纽约时间11日下午6：10安全抵达。想想也是搞笑， 11日下午从上海出发飞行了10多个小时，结果还是11日下午；一个小时之前刚在飞机上吃过早餐，一下机却是要吃晚饭了；刚刚从睡梦中醒来，又马上进入了新的夜晚。但我想，此次赴美，要适应和感受的可能不仅仅是东西半球的时差，更主要的是文化的差距、心灵的差距、思想的差距。

和国内航班几乎都是年轻貌美、灿若桃花的空姐不同的是，欧美航班的乘务员大都是年纪较大的“空嫂”“空婶”甚至“空奶奶”。有意思的是，晚饭时，因为很多人不懂英语，一位懂中文的中国台湾籍乘务员便跟大家约定：“1”代表吃炒饭，“2”代表吃炒面，到时外籍乘务员来了只要说one或two就行了，实在连这些单词也不会说就伸出一个或两个手指示意。人就是聪明。我们的老祖宗在发明语言文字前估计也是这样进行交流的吧。

飞机上的餐品总体上比较符合口味，而且免费供应红酒和啤酒，这让很多人很是开心。几个月前一位朋友也是乘坐美联航去美国，因为恐机，平时不喝酒的他竟然一连喝了两大杯，功夫不负有心人，等他醒来时，已经安全抵达美国了。

在许多人看来，漫长的飞行是枯燥、乏味甚至难受、痛苦的。我倒没觉得，甚至感到过得很快、很充实。晚餐后认真学习了前期收集的有关资料，很有参考价值。然后难得有闲看了三部飞机上的影片，分别是华谊兄弟出品的《前任攻略》、光线影业出品的《分手大师》、博纳影视出品的《白发魔女传》。其中前两部都是内容荒诞的都市片，帅哥靓妹，情乱色迷，并不符合中国的现实。《分

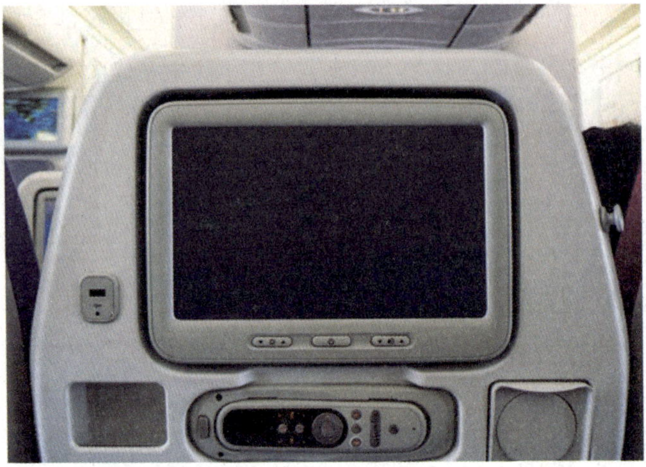

手大师》是由南昌籍演员邓超和他爱人孙俪等一线明星主演的，以前没注意“光线影业”这个公司，看来不可小视。《白发魔女传》是根据梁羽生的同名小说改编的，由徐克担任艺术顾问，范冰冰等大牌明星出演，说实话实在不敢恭维，看了一段竟看不下去。明星出演不等于质量就一定高，大腕云集不见得效果就一定好。但最近徐克导演的作品《智取威虎山》却是一部成功力作，目前正在国内上演，获得广泛好评。我以前从来没有推荐过朋友去看什么电影，这是第一次。徐克运用3D这一现代科技手段，把一段反映解放战争时期东北剿匪历史的正能量内容搬上荧幕，找到了一条正面题材影视剧如何贴近现代观众审美情趣和欣赏习惯，真正融思想性、艺术性、观赏性于一体的好路子，找到了一条如何把社会效益与经济效益很好结合起来的新路子。该影片不仅获得了很多荣誉，还取得了近9亿元人民币的可喜票房。向徐克导演致敬！期待着他能不断推出更多的优秀作品，更期望这部影片能起到一种示范、带动效应，推动国产影片在内容、题材、体裁、表现手法等方面创新发展。

后来有朋友跟我说，美国其他航空公司提供的中文影视片要比联合航空多得多、好得多，美联航的服务是最差的，也是最近几年才开通中国航线。没有比较就没有发言权。但美联航有一个最大的优点，就是便宜。也正因为便宜，所以一般在中国做业务的美国公司职员以及国内一些赴美团队都选择乘坐美联航。

一位女留学生的直白

本次航班基本上是满员的，大都为中国人。其中有许多是放寒假回家又返校的中国留学生。

坐在我身边的是一位上海小姑娘，在波士顿一所大学攻读艺术与商科，年龄与我儿子同年，也是刚刚读完大二。问她为什么选择在美国读本科而不是在国内读完后再去美国读研究生，她说美国大学教育有一大好处是不必一开学就确定专业，而是在学习一两年后再根据自己的学业成绩和志趣进行选择，这样更有自主性，更符合本人意愿，更有利于今后的学习和成长。而且其选修制度也可以让学生更多地涉猎各门学科知识，有利于知识结构的拓展和优化。联想到儿子在加拿大的学习经历，对她的观点我是基本认同的。美国、加拿大等国高等教育在尊重、激发学生的自主性、创造性方面很值得我们学习。也正因如此，这些年国内赴美、加读本科的自费留学生越来越多，国内一些城市重点中学开办的“中美班”“中加班”很受欢迎，我好几位同事的孩子都是读了“中加班”而去加拿大留学的。根据美国学生与交流访问学者项目（Student and Exchange Visitor Program，SEVP）发布的最新报告，截至今年4月，在美持F&M签证的国际学生共101.5万人，其中来自中国的留学生为29.0133万人，占29%；来自印度的留学生11.3万人，占11%。

只不过时过境迁，过去的出国大军“留学”的目的主要是一个“留”字：“留”外、“留”美，而现如今的出国大潮更多的是一个“回”字：回国、回家。由于看好国内的发展机遇和环境，这些年回国发展的留学生比例高达八成。据统计，从1978年到2015年，我国各类出国留学人员累计达404.21万人，其中学成归来的为221.86万人，占已完成学业群体的79.87%；年度出国/回国人数比例从2006年的3.15∶1下降到2015年的1.28∶1。这些数字有什么深远的意义？是否意味着一个东方大国即将崛起？是否预示着一个伟大的新时代的到

来？

其实，中西教育各有特点、各有所长、各有优势。这些年国内教育包括高等教育的改革力度也很大，目前社会上所谓优劣之争的许多观点是片面的、偏颇的，有时甚

至是情绪化、绝对化的。去年美国耶鲁大学法学院教授蔡美尔的“虎妈”式教育引发的激烈辩论和争议，至今言犹在耳，莫衷一是。我们常说：“严师出高徒”“棒打出孝子”，不打不骂培养不出优秀的孩子，这难道一定就是错的吗？在教育方面，大可不必妄自菲薄，若真如某些人说的那样，中华文明岂能几千年绵绵不绝、经久不衰？又岂能代有人才出、后浪推前浪？

我问她在美国两年，对美国最好的印象是什么？她说感受最深的是美国一切都很规范，都按制度办事，这不仅仅是指国家法治层面，在日常学习、生活中也能时时感受到，而且在美国比较有幸福感。我问她为什么会觉得更有幸福感呢？她认为在美国人与人之间的差距不大，最高最好的与最低最差的没有多大差别，所以每个人都感觉挺好挺幸福。而且在美国阶层流动性较大，最下层的也有很好的上升空间，机会很多，而在中国却是阶层固化，难有突破。

问她对美国有什么不好的印象，她说最重要的就是无法融入他们的主流社会，美国人对有色人种怀有一种天然的流淌在血液里的高傲和偏见，认为他们就是不如白人。但她又解释说，这种歧视并不一定带有制度和意识形态的性质，更多的是文化、价值观念的不同导致的。她认为，这其实也很正常，就好像她作为上海人，还有北京人、广东人，也对国内其他地方的人有一种瞧不起的思想一样。不是有个说法，说在北京人眼里，别人都是基层的；在上海人眼里，别人都是乡下的；在广东人眼里，别人都是穷人。

这就是一个留学生在美国两年的感受和领悟，不管她的观察、理解是否正确，说的对不对，但无疑都是她的真实想法。其实美国仍然是世界上贫富差距最大的国家，2011年“占领华尔街”运动提出的口号就是反对美国政治的权钱交易、两党政争和社会不公，是号称代表99%的百姓反对1%的富人。美国的社会分层和流动也完全不是她所想象的那么美好。我们当然不能对孩子过于苛求、进行指责，需要关注和思考的是她为什么会得出这些结论以及她观察、分析问题的角度。

这些中国留学生毕业后不管是留在美国，还是回国发展，他们的思想、理念，以及世界观、人生观、价值观如何，影响的不仅仅是他们个人，而是整个国家、民族，而且这种影响不是短暂的、一时一事的，而是长久的、持续的、深远的。去年11月10日，美国总统奥巴马在出席APEC峰会时宣布，从12日开始，中国人赴美的学生签证有效期将延长至5年，商业旅游签证将延长到10年。这里蕴含的不仅仅是重大的商机和利益，更重要的是长远、巨大的战略考量和谋划。

教育投资收获的不仅是人才，而是人心；不仅是国内教育产业的发展，更是对外文化价值观念的输出；不仅是着眼当下、当前，更主要的是将来、未来。

我原来不明白，为什么国内有那么多人至今仍对美国用所谓庚子赔款的一部分建了清华学堂、资助了赴美留学那么歌功颂德、感恩戴德，现在终于明白了，让我们来看看1906年美国伊里诺大学校长詹姆士当时是怎么劝说罗斯福总统的吧，“哪一个国家能够做到教育这一代中国年轻人，哪一个国家就能由于这方面的努力，而在精神和商业上的影响取回最大的收获。”显然，他们成功了。这是我们的悲哀。

世界上没有无缘无故的爱，天上从来不会掉馅饼。

入关的尴尬

入关时遇到一件事，着实让我们担忧了一阵。有同伴被海关工作人员抽去问询，可一去就是20多分钟。后来她跟我们说是因为等候的有100多人，所以耽误了时间。算是虚惊一场。

问询时一般都是简单地问一两个问题："来美国干什么？""待多少天？"轮到她时，似乎问得更详细，一问一答之间也透露出许多耐人寻味的信息。他们问："你是否想来美国读书、生活？"她毫不犹豫地回答："不想"；他们又问："以前有过这个想法吗？"她说："从来没有。"听了她的答复，他们的脸上露出非常惊讶、疑惑的表情，表示难以理解，难以置信。是啊，在他们看来，一个中国人，怎么可能会没有来美国求学、发展的想法呢？在这个世界，怎么会有对美国不感兴趣或者不那么感兴趣的国家和国民呢？！这也不能怪他们，实在是这个世界变化快，只是大多数美国人还没有从这个快速变化中、从过去的思维定式中反应过来、回过神来。

确实，美国人对于中国和中国人的了解，要大大少于、落后于中国人对于美国和美国人的了解。

这使我回想起前些天在北京美国大使馆面签时的情景。当我们按约定时间到达时，只见大使馆内外人山人海，门口长长的队伍一直蜿蜒着排到大街上，每个人的脸上都充满着激动和期待，也能看出隐隐的担心和忧虑。出发前，负责接洽的美国三立国际公司工作人员反复提醒，到了窗口，面对签证官，一定要显得很平静，不要乱说话，总的原则是“不问不说”。申报材料中没有的内容不要多说，签证官没有问你不要乱说，有问才答，一问一答，千万不要去解释、去展开，千万不要这个时候去显摆口才，以免话多说漏了嘴，反而引起注意、造成麻烦。老祖宗早就说了，话多必失，祸从口出。当轮到我时，签证官问：“为什么去美国？”我说：“去培训。”“什么内容？”“文化方面。”“为什么去美国培训？”“美国文化比较发达”“去多久？”“20天”“要去哪些地方？”“纽约、华盛顿和洛杉矶”“以前出过国吗？”“去过英国、瑞典、俄罗斯、巴西等。”签证官问完后看了我一眼，随手就签署了意见，表示OK了。虽然自己觉得这一切都很正常，也没啥可激

动的，但那些排在我后面等候的同胞，还是一脸的羡慕。特别是围在我身边的伙伴们当时全都屏住了呼吸，神经紧张到了极点。

也难怪，就在同一期间，我爱人来美的事就被拒签了。我百思不得其解，没有任何理由啊？她已多次出国，包括到加拿大、英国这样的发达国家。她怀疑是不是申报材料中写了自己是一家国企负责人，怕她携款逃跑，这个理由显然不成立。因为按照美国人的思维逻辑，有钱人、在国内生活很好的人是不会有移民或非法移民倾向的。更何况，是否携款潜逃跟是否给予签证有什么关系呢？这些年，打着“受政治迫害”的名义携款潜逃去美国的贪官还少吗？有时候，美国不是还经常以此为筹码来要挟我们吗？后来一位旅游界的朋友告诉我，对于女性的美签，一般考虑三个因素，第一是婚姻关系良好；第二是资产，但并非越多越好；第三，如果是单独一人面签拒签率很高，主要原因是担心赴美从事不良工作，这简直是对国人的污辱！幸好现在大家的心态早已是无所谓，不像上世纪八九十年代，中国人对美国的向往是那么强烈、迫切。

这次出国再次感受到不懂外语不说是寸步难行，也一定是困难重重。在飞机上，幸亏有几个中国台湾籍乘务员，再加上坐在边上的上海小姑娘当“临时翻译”；入关时，海关工作人员不知怎么的好像故意要刁难我，对我问得特别详细，幸好有位同胞大姐帮忙，否则就跌脸出洋相了。由此想到，现在在我国的国际航班上，包括机场等许多对外窗口，服务人员都能说一口比较流利的英语，哪怕一般工作人员也能进行简短的对话。但这趟上海飞往纽约的美联航航班美方服务人员，却没有一个会讲中文的。这一方面表明英语的语言霸权现状，另一方面，是不是也说明美国一些对外服务人员的素质已经跟不上时代步伐了？如果是我国的国际航班，乘务员不会讲英语肯定是没资格上岗的。是不是有那么一天，美国乃至世界各个国家，人们想要从事国际乘务工作，不会中文也是不够格的。

酒店服务的惊喜与意外

抵达纽约时虽然只是晚上六七点钟，但整个城市已笼罩在一片夜色之中。因为是住在郊区的Country Inn & Suites Newark酒店，匆匆在远郊一家中国小餐馆吃过晚饭后，就入住了。

出乎意料，所住酒店内部环境条件不错，房间整洁干净，配备了空调、电视、冰箱等，设施齐全，舒适方便。因为出国之前就知道美国酒店不提供牙膏、牙刷等洗漱用品（其实欧美很多国家都如此），所以大家都做了准备，没遇到麻烦。只是卫生间提供的三瓶沐浴用品分别以C、S、L打头，尽管事前导游作了说明，因没听清，只好凭感觉，也不知道是否使用对了，反正也出不了什么大事。酒店24小时供应热水（在美国，冷水是可以直接饮用的），这实在难得。值得一提的是，酒店还免费提供互联网和Wi-Fi服务，这可让大家开心死了，所以进房间稍事安顿，就跟家人顺利联系上了，报了平安。

特别让我惊喜的是，房间里竟然配备了我国海尔集团生产的海尔电磁炉。几年前我们去俄罗斯、南美访问时，看到最多的中国企业和产品广告就是海尔和华为，没想到短短这些年海尔集团已经成为世界白色家电制造业的老大，心中无比自豪。据有关资料，2014年，海尔集团全球营业额实现2007亿元，同比增长11%；实现利润150亿元，同比增长39%，利润增幅是收入增幅的3倍。同年华为全球

销售收入为2870亿元，同比增长约20%；主营业务利润约为340亿元。真是令人自豪、振奋。中国需要更多的海尔、更多的华为。这才是中国的形象、中国的实力！

因为倒时差的原因，晚上辗转反侧，难以入眠，于是干脆披衣起床看电视，顺便了解一下美国的节目播出情况。

经粗略统计，房间电视一共可以收到43个频道，主要包括新闻时政、财经、谈话类（含脱口秀节目）、影视、体育、音乐、动漫卡通和电视购物等。几个小时看下来，感到节目内容都比较严谨、规范，并不似有人想象的那么低俗、庸俗、粗俗，甚至比国内有些节目还要“干净”些（后来才了解到美国有专门的成人频道）。而且所有频道均24小时持续播出，足见他们的节目制作能力和水平。

一晚颇有收获，突然想起萧红的“名言”：“生前何必久睡，死后自会长眠。”时光宝贵，莫虚度，当珍惜。

1月12日
星期一
纽约

纽约初印象：“第三世界国家”？

因第一次来美国，又是晚上抵达，加上住在郊区，所以对纽约这座城市，还一无所知、一无所感。

昨天接待我们的魏老师在路上向我们简单介绍了一些情况。说纽约是一个大区，是纽约—新泽西区，人口大概2000多万，其中纽约市1000多万，是能跟中国的北京、上海相提并论的千万级人口大城市（而北京、上海的实际人口已逼近3000万）。美国的其他城市人口都很少，比如洛杉矶，只有200多万人，但在美国可以排在前5

位。至于华盛顿，只有60多万人。在美国，许多城市只有几千人。

美国的城市不是中国的城市概念，城市的设立也只是由当地居民向州议会提出申请，只要州议会审批通过就成立了。有的所谓的市只是一个自治社区。市长许多是兼职的，半天当市长，半天在自己公司上班或打工。这跟国内的一市之长完全是两回事。他们大市小市层层叠叠，市长多如牛毛，所以有时在接待国外友人时，介绍某某是市长，其实可能就相当于国内的一个社区主任。英国也是如

此。前些年赴英国学习考察时，也有市长出席我们的相关活动，当时觉得规格很高，对方很给面子，现在看来有的也是天晓得。

早饭后从酒店去曼哈顿，沿途看着车外的景色，感到纽约与原来头脑中的印象相差太远了。一路看去，到处都是乱糟糟的国内郊区模样，杂草丛生，一派荒芜。昨天我们抵达的纽瓦克国际机场是纽约的三大机场之首，其简陋程度也是难以想象。至于昨晚吃饭的那家小餐馆，大家都戏说像国内一个小县城边上的荒郊小店；所住酒店的周边，也是荒草萋萋，没有人烟。直到进了市中心，除核心城区外，脏乱差的问题仍十分明显。在华尔街及附近最中心的地方，即便离华丽的高楼大厦几步之遥，均随处可见碍眼的垃圾。这要是在国内大城市，哪怕是欠发达地区的省会城市也是不太可能出现的。纽约作为一座世界都市，其城市基础设施建设和管理水平实在不敢恭维。大家开玩笑说，要是纽约创建文明城市，按照我们的测评体系，恐怕连省级文明城市都不一定能够当选。

后来还去了一个名叫格林威治村的地方参观。网上介绍说该村有很多现代艺术家入驻，特别有艺术气息，到了实地才知道，所谓格林威治村，实际上就是曼哈顿一个比较偏僻的老街区，除了有些街巷、房屋比较古老，有一定历史积淀和沧桑感外，整个街区显得很破旧，很冷清。

其实很多去过美国的人都有同感，有朋友跟我说，幸亏你没去纽约地铁站，否则那印象就更差了。

这使我想起美国《纽约时报》著名专栏作家托马斯·弗里德曼2008年参加完北京奥运会从上海回纽约时写的一篇评论《中美这七年》，其中写道："你可以比较一下纽约肮脏陈旧的拉瓜迪亚机场和上海造型优美的国际机场。当你驱车前往曼哈顿时，你会发现一路上的基础设施有多么破败不堪。再体验一下上海时速高达220英里

的磁悬浮列车……然后扪心自问，究竟是谁生活在第三世界国家？”我不知道他当时写这篇评论时的心境和目的，如果不是亲眼所见，简直难以置信。更何况这还是在时隔六年之后。六年，对于中国的任何一座城市来说，其变化都是惊人的、巨大的。

记得上世纪90年代有一部很红火的电视连续剧

《北京人在纽约》，里面有一句经典台词："如果你爱他，就把他送到纽约，因为那里是天堂；如果你恨他，就把他送到纽约，因为那里是地狱。"

纽约究竟是天堂还是地狱，或者既是天堂又是地狱，是谁的天堂谁的地狱？需要慢慢观察和体会。

美国大都会艺术博物馆与中国文物

上午去参观号称世界四大博物馆之一的美国大都会艺术博物馆。博物馆位于纽约市中央公园旁的第五大道，占地13万平方米，藏品超过300万件。有资料说，占地虽然只有北京故宫博物院的1/9，展出面积却是故宫博物院的两倍。

展览大厅共3层，分18个陈列室和展室。我们重点参观了古埃及艺术展厅、欧洲艺术展厅、东亚展厅。行走在这些建筑风格各异、充满异域风情的艺术殿堂，我一边欣赏着琳琅满目、价值连城的奇珍异宝，一边在琢磨着它们的前世今生。这些珍宝是怎样漂洋过海来到这个异国他乡的？这背后有过什么样的经历和故事？也许不少展品是通过正常渠道流传过来的，但是不是有许多或更多可能是说不清道不明，甚至不便说不能说的呢？尤其是古埃及展厅的木乃伊保存之多、之好，堪与大英博物馆相比。只是不知道在木乃伊的故

乡埃及究竟还有多少遗存。在展厅我们还看到了镇馆之宝丹铎神庙。据介绍，这是埃及政府赠送给美国的，神庙经过分解打包后运到美国安放在博物馆内。这是在埃及以外世界上仅有的一座埃及古神庙。

大都会艺术博物馆也是全世界收藏中国文物最多的几大博物馆之一，包括中国的瓷器，各个朝代、五大名窑的产品应有尽有，以致有人说在这里可以看到完整、详尽的中国瓷器史。同时，大都会艺术博物馆还是海外收藏中国历代书法最多最精的博物馆。这使我想起法国作家雨果描述英法联军洗劫圆明园时所形容的一段话："有一天，两个强盗走进圆明园，一个抢了东西，一个放了火……这个

胜利者把口袋装满，那个把箱笼装满，手拉手，笑嘻嘻地回到欧洲。”岂止是欧洲，建国只有200多年历史的美国又何尝不是如此呢？今天人们所看到的是博物馆藏品的丰富和珍贵，但它也恰恰从实证角度最直观、最有力地反映了美国对外野蛮侵略的罪恶历史以及大肆抢掠的可耻强盗行为。

据中国文物学会统计，从1840年鸦片战争以来，有超过1000万件中国文物流失到欧美、日本和东南亚等国家及地区。也有材料说是1700万件，远超我国本土博物馆馆藏总量。另据联合国教科文组织不完全统计，在全世界47个国家、200多家博物馆的藏品中，有164万余件中国文物。美国媒体甚至公然

宣称，找中国古董的最佳地点不是中国，而是美国。

文物流失的途径主要有三：一是西方列强通过战争手段进行疯狂掠夺；二是在华的外国人勾结反动军阀和奸商以极低的价格买下文物并偷运出境；三是盗墓走私，1911年辛亥革命后，各地盗掘成风，文物如潮水般地涌出国门。这股盗掘走私之风不仅从未停止，而且在最近几十年愈加猖獗。

更让人感到痛心的是，现在的人们早已对过去的历史慢慢淡忘了，而当年的列强也换了一副道貌岸然的面孔竭尽所能地进行洗白，千方百计地掩盖着当年的罪恶，甚至还提出了“侵略有理、殖民有功”的荒谬怪论。竟然还有

人说，幸亏这些文物被美国、英国、法国抢夺了，否则早就可能被破坏了、损毁了。这是什么强盗逻辑！人类的道德判断在经济社会科技发展一日千里的今天，却沦落到是非不分、善恶不分的地步，真是一种悲哀。

没想到的是，博物馆里还有很多花园庭院，特别是以我国苏州园林为样式建造的阿斯特庭院，充满东方意韵，别有情趣。

经了解，博物馆的门票是25美元一张，对个人参观一般不作强制购票要求，参观者可在票额限度内以私人捐助名义购买一定金额的门票。在中文版的博物馆简介中关于门票一栏是这样写的："成人建议票价为25美元，长者（65岁及以上）建议票价为17美元，学生建议票价为12美元，会员及有成人陪同的12岁以下儿童免费。”但对旅行团等团队参观人员，则必须购票，因为他们认为团队活动一般都带有经营性质。有的团队包括个别国内团队钻免费政策空子，进行逃票，闹出不少风波和新闻事件。据博物馆工作人员介绍，每年全世界来馆参观的人数在1500万至2000万之间，这与我国故宫博物院相近，2012年故宫观众人数突破1500万。如果按他们说的这么一个基数，以人均15美元门票计算，其收入是天文数字。正是这天量的收入，支撑着博物馆巨额的文物保护、陈展和日常运转开支。

纽约公共图书馆的管理模式

下午去纽约公共图书馆学习考察。工作人员非常热情、细致、耐心地给我们介绍了图书馆的有关情况。

纽约公共图书馆（New York Public Library）是美国最大的公共图书馆。1895年由阿斯特图书馆、伦诺克斯图书馆和蒂尔登信托公司合并而成。该馆经费主要来自于捐赠。馆舍是1911年竣工的具有新古典主义风格的宫殿式建筑。

给我印象最深的，首先是它的公益性。图书馆面向全世界所有人员免费开放，他们发放两种卡，一种是给纽约当地市民的借书

卡，第二种是给临时来图书馆参观学习的参观卡。我们问如果我们在纽约住一周，想来图书馆借书可以吗？他们非常肯定地说：你只要到二楼跟主管业务员说一下就可以办理借阅手续。据说该馆一年的全球读者访问量达2200万。

纽约公共图书馆实际上由92个图书馆构成，其中市本级为纽约公共图书馆，是研究型图书馆。在市馆下面，还有两个专业研究型图书馆和一个表演艺术图书馆。这四个馆主要靠个人和企业赞助维持运转，其中卡内基基金赞助的金额约占总经费的90%，政府拨款只占10%左右。其他88个图书馆则主要面向社区，为社区居民提供及时有效的服务，实际上就是社区图书馆。其经费来源，75%来自政府，

25%来自私人捐助。图书馆实行董事会管理模式，馆长向董事会负责。私人赞助者作为董事会成员参与决策和管理。

研究型图书馆以研究为主，图书一般不对外借阅，借阅功能主要由社区图书馆承担。三种类型的图书馆立足各自定位，功能互补，各展所长，相互支持，共同发展。市中心馆在技术上、数据上对88个社区馆提供共享支持。据介绍，在92个图书馆范围内任何一个馆借阅任何一本馆藏图书，如果本馆没有，其他馆则必须及时将所藏书籍送达。

尤为值得称道的是它的电子化运用。他们对纸质图书的电子化存储始于上世纪70年代，从2000年开始进行电子化项目研发工作，

2010年成立了一个由28人组成的电子化项目研发实验室，专门对电子化图书进行大数据分析和项目研发。工作人员详细地给我们演示了“纽约地图”项目、“华尔道夫菜单”项目、“剧院剧本”项目、“正在改变的纽约”项目、“3D图像”项目等。其中菜单项目收录了1.8万份从1865年到2008年的酒店菜单，并进行大数据分析和运用，已成功通过游戏等方式吸引了广大读者的关注和参与。相较而言，我们国内的所谓数字化、电子化主要还停留在对纸质图书的数字化存储和数字阅读上。可喜的是，近年来在网上图书馆建设、同城借阅等方面也有了大的进展。

在交流中，我们了解到该图书馆共有9.08万册中文图书。我们请工作人员搜索有多少关于毛泽东的藏书，结果显示共有4649个书目。但愿这些图书能够为美国人民更加全面真实地了解中国、增进中美两国人民的文化交流和友谊不断发挥重要的作用。

中国人的“聪明”

乘车过程中，导游讲了一个“故事”，是说国人的“聪明”的。

来过纽约的人都知道，这里有条第五大道，是世界主要高档品牌商品的集中地，各国的游客都选择来这里购买高端奢侈品，包括

LV女包等等。尽管在美国购买同款LV皮包比在国内便宜数千元人民币，但是价位仍高达1400美元左右，还是有很多人望包兴叹。看到这里蕴藏的巨大商机，一批居住在第八大道的中国人专以销售仿制的LV包为生，质量已经达到以假乱真的水平，有的还信誓旦旦地保证可以上网查验真伪。但其价格却是低得令人难以置信。据说，一般开价是100美元，不懂行情的一般会还价到80美元成交，纽约的市民则可以50美元的价格拿到自己满意的产品。所以这些年第八大道的名气也和第五大道一样如日中天。导游说，这里销售的劳力士手表更便宜，只要18美元。我真担心它能否正常行走、准确报时。导游说所有这些商品都是由浙江温州制造、偷运过来的，存储在郊区的大型仓库里。他们并不担心货物被海关查缴，因为利润太大，三次偷运只要成功一次就可以大发其财，所以不少人铤而走险。

为什么城管人员对如此猖獗的制假售假行为睁一只眼闭一只眼、不闻不管呢？据说一是他们认为这些人在纽约总要谋生，如果进行打击取缔，可能会造成一批人不能就业、没有饭吃，到头来还要增加政府负担。二是如果取消了，那城管的作用就没那么大了，编制、人员、收入都会受到影响，所以干脆让它滋长蔓延，“放水养鱼”。三是这些城管人员也是工薪阶层，他们暗中支持这种行为，也是对社会上高档品牌消费的一种无声抗议。

事实是不是这样，没去考证。也许是栽赃、诬陷。

我并不赞成造假售假行为。我想问的是，无论外观还是品质都达到了以假乱真程度的产品是不是也是精品了呢？那些奢侈品为何如此昂贵，是谁给的定价权，这难道就公平合理吗？价格是价值的货币表现，其本质应该更多体现商品本身的品质、成本、实用价值，当然也包含因供求关系、审美需求等因素影响所赋予的增值，但同样质地的商品，就因为贴了一个所谓的品牌商标，就可以身价数倍、十倍、百倍？这远远超出商品自身价值之外的天量“虚拟价值”“泡沫价值”对人类的生产生活究竟是好还是坏、是利还是弊？这就是商品经济、市场经济的魅力和魔力？

市场竞争、国际贸易之争的核心是议价权、定价权之争。小到一件具体的生活用品，大到一些大宗商品，乃至如石油、矿产、科技等关系到国计民生的战略产品，无不如此。谁掌握了定价权，谁就掌握了主动，谁就拥有了发展的先机和优势。

有人甚至说，衡量中华民族伟大复兴的一个重要指标，就是看我们是否取得了这个世界上决定性的定价权。这话不无道理。

1月13日
星期二
纽约

被炒作的华尔街铜牛

华尔街的铜牛塑像一直是美国发达的金融业的重要象征之一，也是外来游客必到的景点之一。它的最初寓意是敢想敢干、不怕失败，是由意大利艺术家狄摩迪卡在1987年纽约股市崩盘后创作设计的，身长近5米，重达6300公斤。狄摩迪卡说：“当我看到有人失去了一切，我感到非常难过，于是我开始为年轻的美国人创作一件美丽的艺术品。”为了筹资，他卖掉了家乡祖传农场的一部分。1989

年的一个午夜，他在纽约证券交易所外将这座后来举世闻名的铜牛塑像竖立起来，宣称它是“美国人力量与勇气”的象征，寓意只要铜牛在，股市就能永保“牛”市。由于没有取得安放许可，数日之后，铜牛被迁移到几条街之外的鲍林格林公园现址。

作为具有标志意义、设计独特、寓意深刻、讨人喜爱的铜牛，无数前来观光的游客，都与它合影留念，并以抚摸铜牛的牛角来祈求好运。其实铜牛被人抚摸最多、最光亮的部位并不是头、角、身子、屁股，而是两个硕大的睾丸，据说主要是女性的功劳。抵近一看，果然光亮耀人。可是2007年11月前后的“骑牛门事件”却掀起了一场关于中国人文明素质问题的轩然大波和激烈争论。当时有人发微博说看见有中国游客骑牛照相，由此批评中国人“素质低下，丑态百出”，但随即遭到国人特别是不少海外华人的强烈质疑和批驳，并贴出了许多外国游客骑铜牛的照片。其实，“骑牛”并不违反什么规定，我们参观时也在现场看到不少其他国家的游客在仔细反复抚摸之后紧贴着牛的不同部位拍照留念。

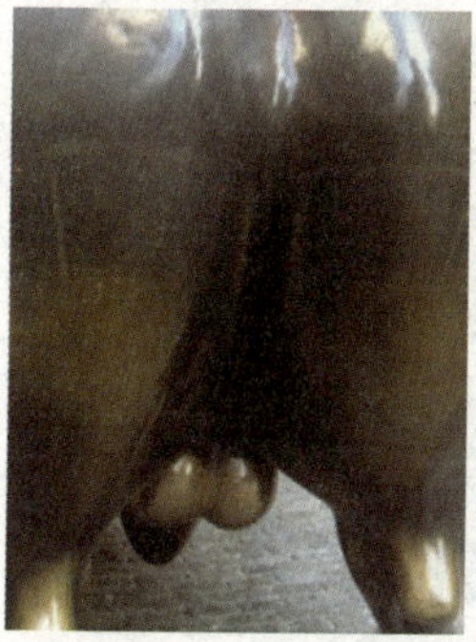

作为中国人，“骑牛门事件”留给我们的思考是苦涩的。曾几何时，我们的一些媒体，一些所谓的公知、精英，一说到外国

人就是高素质的化身、文明的化身，而一提及自己的同胞就贴上“低素质”“不文明”的标签——大声喧哗的肯定是中国人，随地吐痰的肯定是中国人，不排队的肯定是中国人，总之，只要不文明的“就一定是中国人”。这是一种多么可怕的自贬、自损情结，一种多么可悲的民族自卑和文化不自信。近代以来中国所蒙受的种种侵略和苦难，至今还在深深地影响着我们的思维、我们的思想。西方列强的蹂躏带给我们的最大恶果，不仅是山河破碎、国土沦丧，更重要的是民族精神、民族气节、民族自信的丧失。胡适先生不是有中国“百事不如人”的著名论断吗？

我说这些，并不是说中国人就可以去骑牛，也不是

NYC
9.11
BGC CHARITY DAY
14 WALL STREET
T.J.maxx

说外国人骑了我们也一定要去骑，我只是认为，大可不必把一个具体的人和事，把一个偶发的不文明行为动辄作为一种标签或符号贴到整个中国人身上，更不能戴着带歧视性的道德有色眼镜去评价、定义一个国家、一个民族。现在中国每年赴国外旅游的游客数量已突破了一亿人次，手指有长短，素质有良莠，在这庞大的人群中，即使出现一些不文明的现象不也是很正常吗？这跟中国人的民族性有什么关系呢？可喜的是，这些年我们国家已高度关注文明旅游工作，我相信，随着国人出国越来越多、见识越来越广，也必然素质越来越高、形象越来越好，迟早有一天，中国游客会成为出现在世界各国的一道亮丽的风景线。

华尔街是英文Wall Street（“墙街”）的音译，它虽然只是一条很窄很短的街道，长不超过1英里，宽仅11米，然而却以“美国的金融中心”而闻名于世，它是美国财富的象征，是世界金融市场的晴雨表。其中有几个标志性的建筑是人所共知的，比如纽约证券交易所、三一教堂、华盛顿纪念馆、老摩根大楼等。华尔街原来的房子并不高，随着城市的发展和业务的需要，所有的建筑都在原来的基础上改造、加高了，唯独有三栋建筑一直保留着原貌，这就是纽约证券交易所、三一教堂和华盛顿纪念馆，据说这是因为美国人认为美国发展最重要的是必须依靠经济、政治、文化三种力量的推动，而这三栋建筑恰恰是最合适、最典型的标志，所以无形中被赋予了一种神圣感。

自由女神像与中国人的生意经

乘船观览曼哈顿的美丽风景，包括自由女神像，大概是所有来美访客的必选项目。之前看过不少相关图片，所以虽未谋面，却也似曾相识，待到跟前，果然一如头脑中的依稀印象。

让我大为疑惑的是，登船验票时发现工作人员都是中国人，船上竟然还有中文解说。我问魏老师这是怎么回事，他说这条游船和这条旅游线路是咱们中国人经营管理的，老板是福建人。我恍然大悟。中国人真是精明啊，这么好的旅游资源，美国人或纽约本地人怎么这么久就没有想到去包装、开发呢？据了解，每个人的参观门票是30美元，现在虽然是冬季，是纽约的旅游淡季，但游客还是络绎不绝，若是夏季，据说可坐四五百人的游船每次都是爆满，收益非常可观。

在交谈中还了解到，中国人头脑之活络，确实了得。自游船市场红火之后，有的同胞又开始延伸做票务生意。魏老师的一个朋友，每次从老板手上一次性要5万张票，价格可优惠到约17美元，他再以每张20美元的价格销售给来自中国、日本、韩国等国的旅游团队，每张赚取3美元左右的差价，业务开展得很好。这真是三方得利的好营生。

自由女神像，又称自由照耀世界（Liberty Enlightening the World或Statue of Liberty），位于纽约市哈德逊河口附近。它是法国为纪念美国独立战争期间的美法联盟，并作为庆祝美国独立100周年的礼物赠送给美国的，由法国著名雕塑家奥古斯特·巴托尔迪历时10余年设计、制作完成，1886年10月28日由时任美国总统克利夫兰亲自主持落成和揭幕仪式。

女神右手高举象征自由的火炬，左手捧着1776年7月4日通过的《独立宣言》，脚下是打碎的手铐、脚镣和锁链，象征着挣脱暴政的约束。据说，女神的外貌设计来源于雕塑家的母亲，而高举火炬的右手则是以雕塑家妻子的

手为蓝本。雕像的内部结构是由后来设计了巴黎埃菲尔铁塔的古斯塔夫·埃菲尔设计的。1984年，自由女神像被列为世界文化遗产。

自由女神像作为法国人赠送给美国人的建国纪念雕塑，当时其实并没有什么特别的含义。只是随着美国的日益强大以及对外进行文化、价值观念输出的需要，自由女神像的名气越来越大，越来越被赋予特殊的内涵和意义。

围绕自由女神像，我们的同胞念的是生意经，追求的是金钱和利益；而美国人玩的是政治游戏，谋求的是软实力，是美国的道德形象和世界霸权。

有句话说得好：世界上最大的忽悠就是纽约的自由女神。

充满活力的ICN国际卫视

下午去ICN国际卫视考察学习，接待我们的是副总裁李丰，节目制作人、记者杨冬红以及在哥伦比亚大学做访问学者的厦门大学新闻传播学院苏俊斌老师。

这家卫视是1998年由中国企业家在美投资兴建的，总部在洛杉矶，分别在洛杉矶、纽约和旧金山设有电视、广播频道，主要面向在美华人。其经营策略是通过与央视以及江苏、湖北、深圳等地方电视台和腾讯网合作，瞄准国内在美留学、旅游市场开展业务。他们提出的“大型节目活动化、活动电视化”经营理念，以及与国内媒体的密切合作与互动，特别是与新媒体融合，开办手机移动台和微信平台等，为ICN带来了极大的效益。我在想，我们做新闻、搞宣传的，经常讲要借船出海，争取有更多的媒体在欧美国家落地，发出中国声音，ICN的做法是不是从另一个角度为我们提供了新的思路和视野？

在个别交谈时，我征询苏老师，如何在美国传播中国文化，扩大中国影响，特别是如何能进入美国主流社会？他认为这基本是不可能的，目前所有在美中文媒体都只是在华人圈内拓展，在美国主流社会没有任何影响。他说，我们提出要向美国讲好中国故事，但这往往是一厢情愿，人家根本不听。上个月某省来美举办了一个类似活动，美方不仅没有官员出席，连学者都拒绝参加。他们认为这是中国的一种公关行为，是一种文化价值渗透，他们不喜欢被迫听人讲故事，而是我需要什么才听什么。更何况我们的话语体系也不行，人家听不懂。他们对中国的评价是喜欢中国、喜欢中国人，但不喜欢中国政府。所以对中国有很大抵触，包括对孔子学院也越来越持排斥的态度。

所谓不喜欢中国政府，按他们的说法，是中国政府的产生缺乏合法性。这显然是对我们的一种攻击和污蔑，最起码也是一种成见和偏见。试问：难道他们通过殖民、战争、灭绝印第安人而建立的美国，就是合法的吗？难道他们经常出现的以极低投票率当选、在极低支持率基础上运行的各届政府就是合法的吗？

讲好中国故事，必须解决有理说不出，有理无处说，说了人不听，听了人不信的问题。

显然，短期内要改变这种状况难度很大，因为你要改变的不仅仅是他们的思想、观点、看法，还有他们骨子里的傲慢和优越感。我们的想法很好，可人家不按我们的套路出牌，不跟我们的节奏起舞。我想，中国的崛起和强盛是历史的必然，是任何人也无法阻挡的，中国文化的影响力、传播力、渗透力也一定会越来越大、越来越强，这也是历史的必然，不依人的意志为转移的。只是实现中华民族伟大复兴的中国梦，其困难和曲折程度，要比想象的大得多，有的甚至是我们完全没有预料或者难以预料的。

会谈结束后，参观了他们的电视演播室和广播发射室，其设施条件相对于国内同行来说可以用“简陋”两个字来形容。演播室大概只有一二十平方米，只有一台简单的录制设备和数把主持人主

持、采访用的简易座椅；广播电台发射室更是只有狭小的三四平方米，设备是“两大件”：一台电脑加一台录音机。我留心观察了一下，这里的工作人员基本都是中国人，而且都很年轻。在他们身上充满着一股激情，一种自信。我真心被他们的拼搏精神所感动，也衷心为他们的成功喝彩。反观国内的广播电视机构，无论是硬件设施还是各种支持、条件，都是ICN所望尘莫及的，而我们所缺乏的恰恰就是他们那样一种敬业的精神、执着的追求、乐观的态度、进取的意识。如果我们的广播电视媒体少些对新媒体冲击的无谓抱怨，少些对政府政策资金支持的“等靠要”，而是迎难而上，积极作为，主动而为，那肯定是另一番天地，另一种境界。

纽约的中国城与《排华法案》

晚餐安排在位于曼哈顿下城南端的中国城一位福建老板开的“乡村饭馆”。置身于中国城，恍若时空穿越，瞬间就回到了“中国”，但这绝不是今天的中国，而是一二十年前或者说是比较落后的“中国”。和曼哈顿繁华的街区相比，这里整洁让位于脏乱，出店经营随处可见；亮丽让位于暗淡，刚刚还是灯火通明转眼已是灰暗阴冷；英语让位于中文，无论是招牌还是语言，都是熟悉的文字和母语；美国人让位于中国人，这里的主人是中国人，间有少量的外国人；昂贵让位于低廉，

在这里奉行的经营理念是薄利多销；安静让位于喧嚣，特别是饭馆里的叫喊声、劝酒声、欢笑声汇成一片。也许只有在这里，同胞们才能找到感觉；只有在这里，才能尽情地表达、宣泄；只有在这里，才能忘乎所以，淋漓尽致。因为这里是"中国"，是自己的"家"。

中国城南面有个孔子广场，华人在那里竖了一座孔子的全身塑像。因为这里大部分同胞来自福建，所以还竖了一座林则徐的雕像。

据说因为中国城不好管理，纽约警察局专门成立了第五分局，除局长是美国人外，其他都是华人。这也是一种以华制华的权谋吧。

据有关资料，纽约最早的唐人街是1890年形成的。1848年，两男一女共3位台山人乘坐"流浪之鹰"号帆船到达美国，这是最早移民美国的中国人。到1851年，移入美国西海岸的中国人已达2.5万人，以后逐年增加。这些先侨们在矿场、农场、雪茄厂、木材厂从事着美国白人不愿做的艰苦工作。19世纪60年代，美国兴建横跨美洲大陆的铁路，每年都有上万名华工获准进入美国，大多都投身铁路工地。为此，1868年清政府还与美国签订了《蒲安臣条约》，以保障美国在中国招募华工的合法性。据统计，“1865—1869年，中央太平洋铁路公司所雇的近万名筑路工人中，华工十居其九。”有人说，“每根枕木下面都有一具华工尸骨”。1880年美国发生经济危机，白人大批失业，而吃苦耐劳的中国人却很受雇主欢迎，仍能保留工作岗位，于是遭到白人嫉恨，他们无端指责中国人抢了他们的饭碗，各地排华事件频频发生。尤其是旧金山，几乎成了“热战战场”，白人甚至持械围攻唐人街。被排挤和受迫害的中国人于是向美国东海岸迁移。首先进入纽约的华人在曼哈顿下城东南区的勿街（Mott Street，意译丛林街）、柏克街（Park Street，意译公园街）落脚，随着人口的逐步增加，1890年唐人街正式形成。唐人街的英文名称是Chinatown，意译中国城。目前，纽约中国城包含40多条街道，面积超过4平方公里，人口约10万，已经成为西半球海外华人的最大居住地和商业区。

提起当年的排华事件，不能不说到1882年5月6日美国国会通过的排华法案

——《关于执行有关华人条约诸规定的法律》，这是美国历史上第一个限禁外来移民的法案。主要内容：一是10年内禁止华工进入美国，如私运华工入境，每私运一人，船主将被处以最高500美元的罚款和1年监禁；二是非劳工的华人入境，须持有经美国驻华领事查验和签名盖章的英文护照，但美国海关人员有权检查并拒绝持证人入境；三是不准中国人取得美国国籍；四是非法入境的中国人驱逐出境。

这份法案直接创造了两项美国纪录：第一次立法禁止一个种族进入美国，第一次立法排斥一个种族加入美国国籍，堪称美国历史上黑暗的一页。从1882年到1904年，美国国会又通过了一系列针对华人的法律，禁止一般华人进入美国，禁止合法在美的华人成为美国公民。

尽管当时清政府也曾与美国交涉，但弱国无外交，交涉又有何用？直到二战时，中国已成为美国的盟国，为了推动美国战争目标的实现，在罗斯福总统的敦促下，美国国会才于1943年通过《麦诺

森法案》，废除了《排华法案》。2012年6月18日，美国众议院全票表决通过，美国正式以立法形式就1882年通过的《排华法案》道歉。但所用词语是“regret”（遗憾）而不是“apology”（道歉）。

美国不是口口声声讲人权吗？不是主张自由移民吗？翻开这段充满华人屈辱血泪的历史，可以对他们所宣传的所谓自由人权的本质有更多更深刻的了解。记得改革开放之初，邓小平访问美国，美国总统卡特出于政治目的，批评我们限制国人向美国移民，说这是违反人权。邓小平当即回应：“告诉总统阁下，眼下我们有10亿人口，你要多少，我们可以给你多少。那先给你1000万，你说够不够？”卡特顿时语失，尴尬万分。

历史往往有惊人的相似，100多年前美国所上演的所谓指责中国人抢走美国人饭碗的闹剧今天似乎又在上演，当年那些熟悉的论调似乎又在不停地泛起。只是时代不同了，美国人指责的抢了他们饭碗的中国人不是在美国，而是在遥远的东方。

纽约的中国城，还有一个区域叫法拉盛（Flushing）。相对于曼哈顿下城的中国城，法拉盛的城市建设和管理水平明显要高出一筹，城区更加明亮，更加有序，更加清静。后来才知道，法拉盛是上个世纪80年代以后才逐步建设和形成的，近年来已逐渐成为亚裔移民特别是来自中国台湾、韩国、中国大陆等地移民聚居的地方。尽管如此，与曼哈顿中心区相比还是落差很大。

1月14日
星期三
纽约

“9·11”阴影笼罩下的美国

因公务活动预约安排在中午12点半至下午2点，上午先去纽约世贸中心旧址参观。

其实昨天坐在汽车上就曾透过车窗匆匆瞥见了在世贸中心旧址上建立起来的纪念馆，魏老师还特别指着不远处涂着鲜红颜色的一排房子，告诉我们那是辖区消防队的办公地点。据介绍，“9·11”那天正好有几位法国记者在这个消防队实习，他们早上原本出去采访另一件事，恰好第一个拍到世贸中心被袭击的画面。后来这个消防队的全体队员都在进行抢救时牺牲了。回想起第一次听到这个消息、看到世贸中心被袭的电视画面，真是难以置信、极度震惊，我想当时全世界的人们可能都是这种第一反应。

在旧址现场，可以看见两个由黑色花岗岩建成的方形纪念设施，其结构是由上而下、由大而小、由外而内的陷阱式水池，从四周长年不断有瀑布状水流往深处默默流淌，最终汇入池中央的深渊，深不见底。据说，这是借以表达对死难者无法形容的深深的、永不停止的怀念。现在大多数人知道的只是“9·11”袭击，其实早在1993年2月26日，恐怖分子就曾在世贸中心的地下车库引爆炸药，导致6人丧生、数千人受伤。谁都没有想到，8年之后，会有一场更大的袭击在这里上演。在水池四周的铜墙上，密密麻麻地镌刻着1993年和2001年两次袭击中每一位死难者的名字。“9·11”袭击最终造成的死亡人数最初公布为6453人，后来减为5086人，后又调整为3900人。最近确认是2977人，来自90多个国家和地区，年龄最大者85岁，最小的仅2岁。其中现场救援人员死亡人数超过400人。我看到不少消防队员的名字边上都特地注明了他们所属的消防单

位，这充分表明了这个国家对每一个生命特别是对因公牺牲的公职人员英雄般的敬重。

现在在世贸中心原址两边又建起了两栋高楼以资纪念，起初纽约市民想取名叫“自由大厦”，后来几经争论，最后还是确定沿用世贸中心的名字，叫新世贸中心。现在世界各地凡来纽约的人都会抽空来这里凭吊。

美国曾经是世界上最安全的国家，本土从来没有遭受过任何袭击。想当年，世贸中心作为纽约第一高楼，在恐怖分子的袭击下轰然倒下，其所造成的影响和冲击，绝不仅仅是双子楼的倒塌和几千名无辜生灵的消逝，而是对美利坚民族一直以来自信甚至自大、自傲心理的沉重打击。

有人说，世贸中心倒下了，但一个民族站起来了。这话有一定道理。在“9·11”袭击面前，美国人民并没有被吓倒，也没有被击垮，更没有走上种族复仇、宗教复仇的歧路。不过，“9·11”定将成为美国历史的一个重大转折点，一方面国内的凝聚力、向心力进一步增强，保守主义思潮进一步泛起，反恐防恐工作进一步强化；另一方面，我们也从这些年的反恐战争中，真切地看到美国的实力及其对世界的影响力和控制力在不断衰退、下降。本·拉登死了，但反恐不仅远未结束，反而形势更加复杂，挑战更加严峻。美国是信奉实力、强权的，全世界200多个国家和地区、2500多个民族，各个国家之间、民族之间、文化之间、宗教之间、文明之间的矛盾和冲突是单靠强力所能解决的吗？“9·11”的教训，绝不是一个恐怖袭击那么简单，它是长期以来国际经济、政治、文化、宗教矛盾，冲突与较量的一次极端总爆发，它对世界政治格局的影响至今还在不断演进、发酵中。

据说“9·11”后，很长一段时间，纽约10层以上的商业广场均难以承租出去，而这恰恰为哈德逊河对岸的新泽西州提供了一个良好的发展机遇。

这几天我们在从新泽西州住地到曼哈顿的路上，每次要穿过林肯隧道时，司机都特别交代千万不能拍照，因为拍照时的闪光容易被警察误认为是恐怖袭击，从而遭遇到不应有的麻烦。我们看到，在华尔街靠近海边的街面上，

竟然设置了两道用金属铸成的柱状、坡状路障，以防恐怖分子汽车炸弹袭击。“9·11”已经过去10多年了，但这一事件对美国社会的影响无疑将是长远的。

对此，我们后来在华盛顿也有深切的感受和体会。在首都祥和宁静的背后，也一样深深感受到了“9·11”带给美国社会的烙印和变化。过去，各国游客都可以去白宫游玩，现在都取消了；过去外地车辆可以停放在白宫前的国家公园道路上，现在不行了，只有附近上班的公务人员凭特别停车证才可以停放；过去当地市民可以在公园大草坪上踢球嬉戏，现在也不允许了；过去白宫附近的道路是畅行无阻的，现在加了防护栏、隔离墩；过去白宫的安全管理是由财政部负责的，现在已转交新成立的国土安全部。

后来有人告诉我，现在坐美国航班，如果是同一个团队的人，即使是一起办票，也不让挨着坐在一起，而会把人员座位分散，据说这也是“9·11”后为了安全而采取的措施。

难道美国就这样一直提防下去吗?

仇恨的种子一旦播下，潘多拉的盒子就此打开。

老居民楼的消防通道

这两天在参观考察中注意到一个现象，就是纽约有不少居民楼房外墙上建有简易的金属楼梯，这些楼梯直通各家住户。开始以为是这些居民的进出楼道，可仔细一看显然不对，因为所有楼梯都没有连接到地面，居民无法从楼梯上下通行。后来才搞清楚，原来这些都是老房子，过去没有建消防通道，为了保证居民安全和消防需要，政府强令所有老住宅用户必须按照统一标准和样式在外墙上加建消防楼梯。

为防止晚上有小偷利用楼梯进入民宅偷盗，所有楼梯都设置在靠街道一侧，最低高度在二楼个人徒手无法够着的位置，在二楼平台上，悬挂着一个只能从上面放下来的舷梯。

这让我大为感慨。从这里我们强烈感受到美国人对消防安全的高度重视，以及他们考虑事情的周全细致和执行法规的严格严肃。这要是在国内，是不可能或难以做到的。不要说老旧住房，就是新建楼房，存在消防问题甚至有重大安全隐患的也大量存在，消防没验收或验收不合格却已在使用运营的也是大量存在。据一位在消防部门工作的朋友介绍，目前很多城市的老旧居

民楼有百分之八九十存在火灾隐患，自建房至今没有纳入消防管理。我国早在1998年就制定了《消防法》，2008年又做了修订，还成立了作风严明、战斗力强的消防部队。但中国的问题有时往往不是无法可依、无章可循，而是有法不依、执法不严、违法不究。因工作关系，我曾对消防工作有所接触了解，消防领域存在的不作为、人情执法以及基层消防队伍中的“微腐败”现象绝不是个别案例。据统计，2006年至2010年，我国共发生火灾79.3万起，死亡7202人，受伤4501人，直接财产损失72亿元。造成这种状况的重要原因就是消防安全责任制不落实，公共消防设施“欠账”严重，公民消防安全意识不强。据分析，近几年我国80%的火灾都是由人为因素引起的。2014年全国共接报火灾39.5万起，死亡1817人，受伤1493人，直接财产损失43.9亿元。虽然与上年相比，死亡人数和财产损失分别下降了14%和9.5%，但与前些年相比，却是大幅增长。特别令人揪心的是，去年共有13名消防战士在灭火和抢险救援战斗中不幸牺牲。

我无意也绝对不是要去抹黑、贬损我们可亲可敬的消防官兵，特别是那些为国家、集体、群众生命财产安全而献出年轻生命的消防战士，他们是我们的英雄。我只是想说，如果我们也能如纽约这般严格和铁面无私，我们的火灾将会大大减少，我们的人员财产损失也必将大大降低。在消防安全问题上，一定要未雨绸缪、警钟长鸣，一定要诚惶诚恐、如履薄冰。毕竟人命关天。

时代广场的形象宣传广告

上午去时代广场稍作停留，时代广场犹如北京的西单、王府井，是纽约最繁华、最热闹的商贸、艺术街区，被誉为“世界十字路口”，每年有2000多万人到这里旅游观光。虽然停留的时间很短，但还是强烈地感受到了这里浓郁的商业气息。

前一段时间，国内媒体多次报道我国有关部门和一些地方在时代广场做形象广告的事情以及由此引发的争论，今天在现场刚好看到两则相关广告，一是由国家旅游局制作的“美丽中国”形象广告，另一则是由新华社、中关村等单位联合制作的广告。从效果来看，“美丽中国”形象广告应该是诸多广告中最好的。这不仅因为播放广告的LED屏幕面积大、位置中、视角好，设计精美、画面清新、动感跳跃，而且因为“买断”了独立广告位，循环连续播出。

EXPRESS
TIMES SQUARE
NOW OPEN
EXPRESS
ME Magazine's
how of the Year!
tilda
Beautiful
China

而新华社、中关村那则只是在广场台基上那块高耸的楼身广告最上层位置，插播式地播出，不要说外国人，就是咱们中国同胞要不是有人提醒也极难注意到。当时我特别留意观察了一下，广场上除了我在带有目的地寻找和欣赏外，基本上没什么人在关注观看，大都或行色匆匆、不作停留，或摆着各种Pose，忙于拍照留念。形象广告是给人看的，面对本地市民和那些来自世界各地的游客，怎样才能吸引他们的注意、引起他们的兴趣呢？

还有一个问题也值得探讨，就是广告宣传的比较效益。也许刚刚说到的新华社、中关村等的广告成本是比较低的，省了不少钱，但问题是我们做广告的目的是什么、初衷是什么？是效果为重，还是节约为先？市场经济讲究的是投入产出比，一般规律是低投入低产出、高投入高产出，当然我们也追求低投入高产出，但如果投入虽然很少，却也效益甚微甚至基本没有效益，那这种投入即使再少是不是也是一种浪费呢？如果投入虽然较大，但效果、收获更为巨大，那这种投资才应该是更有意义、更有价值，更值得提倡和实施的。从事新闻宣传，包括形象公关宣传，一定要强化投入产出意识，要算一算效益账。没有效果的宣传哪怕再低价、再节约也是绝对的浪费。那是一种不负责任的表现。

当然说到底，真正的形象宣传不在广告里，而在于国家自身的发展和实力。换句话说，一个国家的形象，绝不是仅靠几则广告所能塑造出来的。

在佩里媒体中心了解“中文热”

一直没搞懂，去佩里媒体中心的公务活动为什么要安排在中饭时间进行。

12点一刻，我们饿着肚子准时来到中心，接待我们的是两位年长的大妈。具体安排线路、陪同并讲解的名叫Mark Ekman，因为她1988年曾经来过中国，去过西安、桂林等城市，听说我们是来自中国的参访团显得非常高兴和热情，主动给每一位同伴发送名片并反复询问是否有人没拿到。

佩里媒体中心实际上就像国内的音像档案馆，主要收藏保管由制作机构和个人捐赠的影视资料和广告片。目前共有藏品12万件，时长16万小时，其中来自中国的有20件，比如尼克松当年访华的电视画面，近年来还收有杨澜捐赠的一些访谈节目。

中心的资金来源一是机构和个人赞助，二是与洛杉矶的分部一起经常举办一些筹款晚会，捐资额达到一定数量的就可以成为董事会成员，参加中心管理。此外还有参观收费，这主要是针对本地市民，以学生为主，儿童每人5元，学生、老人每人8元，其他每人10元。之所以称为佩里媒体中心，不仅因为中心的建筑和有关设施、设备都是由佩里家族提供的，而且因为他们每年捐款都在百万以上。中心的日常工作就是接待来自美国和世界各地的参观者，并面

向纽约的儿童开展声音体验、制作等活动。据介绍，每年的参观者达10万人，其中不少是来自中国的团队。

在讲解过程中，Mark Ekman很高兴地告诉我们，她的孙女正在学中文，而且在孙女的教导下，她也学会了“你好”“谢谢”等简单的用语。我饶有兴趣地询问了解了一下她孙女及美国公民学中文的有关情况。她孙女今年13岁，在中学读书，学校有专门的中文课程供学生选修，孩子的爸爸认为学好中文对她长大以后的发展很重要，所以选修了中文。我问她在美国认为学习中文很重要的人多吗？她给予了非常肯定的回答。

据了解，在美国，有不少名人、富豪的子女也加入了学习中文的行列。

据有关资料，截至2015年，全世界有500所孔子学院和1000个孔子课堂，注册学生总数190万人。而美国是世界上拥有孔子学院最多的国家。2004年，第一家孔子学院落地马里兰州。现在全美有109所孔子学院和348个孔子课堂，约40万学生在学中文。中文在美国已经成为仅次于西班牙语的第二外语。

在美国，“中文热”不仅仅体现在孔子学院的快速和多样化发展上，还有公立学校、中文培训机构、政府机构以及私立商业学校、网络学院等提供汉语教学。

美国业界研究发现，美国学习外语的风尚与国际格局的发展变化密切相关。冷战时期主要学俄语，上世纪80年代学日语，“9·11”后开始关注阿拉伯语，而勃兴于上世纪90年代的“中文热”迄今依然长盛不衰。

中国在发展，世界在关注中国、研究中国、学习中国，中文在世界的进一步推广、运用

必将是大势所趋。语言文字是一个国家的文化符号，一种思想载体，也是一种交流工具，它的传播速度、普及广度以及运用程度是与一个国家的实力和影响力紧密相连的。英语之所以成为世界最通用的语言，是因为英国、美国自16世纪以来一直是世界最强盛的国家，是世界的“中心”。现在的情况也正好反映了中国在世界的地位和影响。很难想象，在二十年前、三十年前会出现这种现象。

那位孩子的爸爸无疑是极富思想和长远眼光的。他代表的不是一个人，而是一群人、一代人，代表的是一种趋势、一种必然。很巧，参观结束时，刚好碰到他来接妈妈下班回家，看得出，他对中国非常友好。

帝国大厦：美国光环的衰退

帝国大厦（Empire State Building）是1929年美国大萧条爆发后由几个资本家共同建设的，共102层， 从1930年动工，到1931年落成，只用了410天。它的名字来源于纽约州的别称帝国州（Empire State），所以英文原意应该是“纽约州大厦”。据说帝国大厦落成后，许多办公室在上世纪40年代之前一直空置，所以又被戏称为Empty State Building（空国大厦）。

帝国大厦雄踞世界最高建筑宝座达40年之久，它是美国资本主义经济繁荣的重要标志，是美国人的骄傲。特别是在上世纪30年代大萧条时期，对于提振全体美国人的精神起到了极为重要的作用。所以在美国人的心目中，帝国大厦的地位远远高于上个世纪70年代新建的世贸中心。

登上大厦86层的观光平台，环绕平台一周，整个曼哈顿尽收眼底。可以想象，当年美国建成帝国大厦时那种居高临下、傲视全球的自豪感和优越感。现在的曼哈顿，无疑仍是世界上最发达、最繁荣、最有活力的城市之一，但无疑也只能是之一而永远不再是唯一。如果从城市规模、城市布局、城市环境、城市活力等方面来综合评估，究竟在当今世界尚能排在第几位，可能并不太乐观。曼哈顿已经老了，最发达资本主义国家最核心的区域正在慢慢地、不知不觉地褪去最耀人的光环。我在想，十年以后、二十年以后、三十年以后，中国的游客还会有那么大的兴趣购票登上帝国大厦观光留念吗？上海东方明珠塔、广州“小蛮腰”极目远眺所能感受的繁华和景致，早已不亚于此。全球最大的旅游评论网站Trip Advisor最新游客调查显示，2014年全球前10座最吸引游客的城市，名列第一和第二的分别是土耳其的伊斯坦布尔和意大利的罗马，英国伦敦第三，北京名列第四。2015年世界十大高楼排行榜中，中国占了六个。帝国大厦再也不是那么高不可攀，再也不能独傲全球。

从2001年开始，帝国大厦每年举办亮彩灯庆祝中国农历新年活动，这一方面意味着中美两国之间的文化交流不断深化，中国文化元素在美国得到越来越多的认可和喜爱，但更重要的一方面则表明中国地位和影响力的日益增强和扩大，并正日益得到美国的肯定和接纳。

对于中国的快速发展和崛起，不少美国人还没有认识到，或者还不适应甚至还不想承认，还在以过去的老大、独大心态和思维方式继续看待和处理着整个世界的事务，包括与中国的关系。这种状况如果一直持续下去，无论对美国、中国，还是对整个世界而言，都是可怕的，有时甚至可能是难以承受的、灾难性的。

最近看到一个材料，很有意思。说中国凭什么崛起？因为中国的劳动参与率居世界第一。所谓劳动参与率，是指参加工作的人占全体人口的百分比。据美国国家统计局发布的数据，中国的劳动参与率达到76%，而美国为65%，日本为58%，印度只有55%。如果从性别来分，中国男性的劳动参与率达到90%，中国女性的劳动参与率为70%，而美国女性的劳动参与率只有58%。中国人确实是世界上最勤劳的民族，特别是新中国成立后，“妇女能顶半边天”，其实她们撑起的何止半边天！在中国，不劳动者不得食，游手好闲、好吃懒做一直被社会所鄙视、所不齿。有付出才有回报，有耕耘才有收获。这也是这些年来北欧等高福利国家缺乏活力、难以为继、备受质疑的重要原因。

有人说，中国人是用别人喝咖啡的时间、休息度假的时间在上班、在干活，这样的国家岂能不兴盛、不发展？

当然，瘦死的骆驼比马大。中美实力、地位的变化只是一个相对的趋势。中国今年虽然经济总量已稳居世界第二，突破了10万亿美元，但仍比美国足足少6万多亿。简单去预测究竟什么时候中国将超越美国是没有任何意义的。美国的“衰落”和中国的崛起都将是一个漫长的过程，在这个过程中还会有曲折艰难，还会有惊涛骇浪。虽然我们说太平洋足够大，容得下中美两个大国。可世界大同从来不会自己到来。

博弈正在进行，大戏还将上演。

1月15日
星期四
纽约

中国：联合国“第一签字国”

上午去联合国总部所在地，原来经常在电视中看到它的画面，看到在联合国发生的各式表演和故事，常常生出许多感慨。

应当感谢当年的罗斯福总统，正是在他的积极倡导和推动下，联合国终于在1945年10月24日正式成立。几十年来，伴随着联合国的成长，世界已经并正在更加深刻地发生着巨大的变化，全体成员特别是五大常任理事国在联合国的合纵连横以及各国地位、作用的

此消彼长，将对21世纪乃至今后更长时期的世界格局产生深远的影响。中国无疑将继续积极扮演一个负责任大国的形象，以我们独特的外交理念和战略运筹，努力推动构建一个崭新的世界政治、经济、军事、文化、安全新秩序，构建人类命运共同体。历史发展到今天，中国应该也完全能够在联合国发挥更大的作用。早在1956年11月12日，毛泽东同志在为纪念孙中山诞辰90周年发表的文章《纪念孙中山先生》中说过一段豪气满怀的话："事物总是发展的。一九一一年的革命，即辛亥革命，到今年，不过四十五年，中国的面目完全变了。再过四十五年，就是二千零一年，也就是进到二十一世纪的时候，中国的面目更要大变。中国将变成一个强大的社会主义工业国。中国应当这样。因为中国是一个具有九百六十万平方公里土地和六万万人口的国家，中国应当对于人类有较大的贡献。"

"中国应当对于人类有较大的贡献"！

伟人已逝，但这掷地有声的话语却言犹在耳，回荡在中华大地。

于是大家萌生出一个想法：为了提高中国在联合国的分量和影响，除了增加在联合国的会费、更多地参加联合国的活动外，能不能把联合国的一个委员会或新设立的专门委员会的办公地点设在中国呢？一切皆有可能，随着中国综合国力的日益强大，随着中国日益走向世界舞台的中央，随着中国大国地位和国际影响力的不断巩固和扩

大，这种设想也许有朝一日真的就成为现实。

在联合国大门口，看到所有成员国的国旗都没有升起，很是纳闷。询问工作人员，答复竟然是因为今天太冷了，这简直让人啼笑皆非、哭笑不得。“天气冷”这么一个小得完全不能称其为理由的理由，竟然成了联合国不升成员国国旗这么一件隆重庄严事项的借口。这难道就是联合国的管理水平？就是美国或西方的文化？也不知道工作人员所说是否属实。

魏老师在讲解时讲到一个史实，说当年联合国成立时本来大家要美国先签字，美国很谦虚，说还是按英文字母顺序来吧，这样一来最先签字的是中国。当时出席联合国签字仪式的中国代表团由10人组成，有国共两党代表。其中中国共产党的代表是董必武。但现在对这段历史很少有人提及，也很少有人知晓。

其实中国作为联合国的创始国之一，早在1941年就曾向一些西方大国提议组建一个国际组织，以协调各自的关系。国民政府为组建参加联合国成立大会的中国代表团颇费了一番心思。在代表团中，国民党、其他各党派、无党派各占多大比例，尤其是要不要共产党参加，争论很大。根据美、英、苏签订的《雅尔塔协定》，中国代表团应包括各界人士。1945年3月26日，中国代表团成员名单正式公布，他们是：代理行政院院长宋子文（首席代表）、驻英大使顾维钧、国民参政会主席王宠惠、驻美大使魏道明、前驻美大使胡适、民社党代表张君劢、青年党代表李璜、前南京金陵女子大学校长吴贻芳、中共代表董必武、《大公报》总编辑胡霖。这是国共自1927年分裂以来，唯一一次共同组团参加重大国际会议。这功劳当然不能算在国民党身上，主要是美英苏三大国的意见和压力。

1945年4月6日，在朱德、周恩来、叶剑英、林伯渠、陈毅、林彪、聂荣臻、刘伯承、罗瑞卿及社会各界人士数百人的欢送下，董必武从延安乘飞机前往重庆，和中国代表团的其他9位成员会合后一同前往美国。

1945年4月25日至6月26日，联合国制宪会议在美国旧金山召开。董必武除参加会议外，还广泛接触美国的朋友和侨胞，向他们介绍中国共产党领导下的解放区军民进行经济、政权建设的情况，介绍抗日的战况和取得的辉煌战绩，阐述中国共产党坚持抗战、坚持团结、坚持进步的方针，以及要求民主、争取团结、建立联合政府的统一战线政策。董必武出席联合国制宪会议，是中国共产党人第一次以公开身份出现在国际政治舞台上，具有非常重要的意义。

6月25日，联合国大会举行全体会议，一致通过了《联合国宪章》。26日，举行了签署宪章的正式仪式。中国代表团对于位居各国之首签署宪章一事极为重视。胡霖建议在签字时使用具有鲜明中国传统文化色彩的笔、砚、墨，为此代表团秘书专门到唐人街去采购。中国代表团共8人分别在宪章上庄严地签上了自己的名字，这一珍贵的历史记录至今保存在联合国总部。宋子文因先期回国、胡适因在哈佛大学讲学而未能参加签字仪式。

时光荏苒，转眼已是21世纪，当年的“第一”签字国什么时候真正成为名副其实的“第一”？

《华尔街日报》的融合发展之道

按预约，中午12点，经过严格的身份检查、逐人审验护照，我们来到第六大道1211号举世闻名的美国新闻集团总部所在地参观学习，主要是考察所属道·琼斯公司（DOW JONES）及其旗下的《华尔街日报》。

据公司人员介绍，道·琼斯公司是1889年由查尔斯·道和爱德华·琼斯共同创立的。公司拥有世界发行量、影响力最大的《华尔街日报》，目前全球发行量为1900万份，包括纸质订户和网络订户，其中纽约分别有230万和140万订户。此外，《华尔街日报》还办有期刊、网站、“直播室”，以及30多种语言的App。目前公司在全世界25个国家设有80个分部，有工作人员2000多人，其中在纽约总部500多人。有34人次获得过美国新闻界最高奖——普利策奖。公司倡导的口号是：“贡献你的每一点才能！”

公司收入主要靠广告和发行。报纸订阅费用很低，纸质零售每份3美元，长期订户每份1美元，并享受订阅之前13个月的报纸内容阅读权。为了扩大发行量，他们采用纸质和网络版捆绑订阅的办法。当问及公司和《华尔街日报》是否感受到了新媒体的竞争压力时，他们的回答非常自信。目前，《华尔街日报》已出版中文电子版。

在参观其工作人员办公区时，隐隐看见在一个过道边的墙壁前，辟有一块只有几平方米的小区域，昏暗的灯光下，斜立着三块大理石，每块上面刻有一行名字和出生年月，我

News Corporation

我感到这里必有文章。经询问，得知这三位是在采访中牺牲的《华尔街日报》记者。我很受感动，这些记者应该说是不幸的，却也是幸运的。他们虽早已离去，却又永远留在他们曾经工作生活过的地方，永远陪伴在他们同期以及后来一批又一批的同事们身旁。这是何等的礼遇，何等的荣光。联想到刚刚在回廊上看到的制作精美的荣誉墙，深感他们在培育新闻从业人员的职业精神、职业道德、职业操守方面的良苦用心。

公务活动结束已是1点半，可大家意犹未尽。最想探讨的还是媒体的融合发展问题。其实，面对新媒体的冲击，传统媒体如何突围发展，美国也是一片茫然，不知往何处去。他们坦率地说，现在国际上有不少访问团来美国问怎么解决这个问题，我们觉得很尴尬，我们也没有比别的国家更好的办法。

回想起那天在ICN参观时曾就此单独请教过苏老师，他向我介绍了美国一些主要媒体如《纽约时报》、《华盛顿邮报》、CNN、美国在线等的发展情况，以及哥伦比亚大学的一些研究成果，我获益良多。他认为，美国纸质媒体的衰退已成必然趋势，商营制媒体在现代条件下必然难以为继，2013年纽约时报集团的收入只有2003年的53%，号称“新闻泰坦尼克号”。而要保持媒体的公信力和影响力，必须实行公营制，确保不受经营和利益的影响，比如CNN就不经营广告。目前传统媒体与网络媒体的融合基本上是以传统的办报办台思维来办网，徒增成本，不可能成功，美国从上个世纪提出媒体融合到现在，还没有一家是成功的。所以现在美国已很少再提媒体融合问题。美国在线2000年曾经兼并时代华纳，由于经营不下去，2009年再度分开。

和国内一样，美国现在的年轻人也基本不再阅读报纸，大都从移动手机获取新闻信息。但他们认为，不论科技、时代如何变化，也不论是从报纸上阅读还是从手机上阅读，任何时候都需要优质新闻这个原则是不会变的，人类社会永远需要高质量的文章、高质量的媒体。

总的感觉，在新媒体的发展上，在媒体融合上，我们与美国处在同一起跑线上，甚至在某些方面我们还更有优势，步子更大，做得更好，走得更远。抢占舆论制高点，特别是网上舆论话语权，面临极好时机。

洛克菲勒中心的壁画事件

洛克菲勒中心位于纽约最繁华的曼哈顿中城第五大道和第七大道，以及49街到52街之间，由大小19栋商业楼宇组成，其中10栋以上是摩天大楼，最高的是70层的30号大楼，高260米，楼顶上是著名的观景平台，可以鸟瞰曼哈顿全景。

中心一楼大厅正面墙上有三座雕塑，据说分别代表科学、时

代、进步。而最初，这里曾是一幅巨大的壁画。这就不得不说到上个世纪30年代这里发生过的一件轰动全美的壁画事件。

1932年，作为墨西哥著名画家和当时世界上最负盛名的壁画家，迭戈·里维拉（1886—1957）受洛克菲勒家族的邀请，为洛克菲勒中心绘制了一幅名为《十字路口的人类》的壁画，画中包含有列宁号召无产阶级革命的形象。这幅具有马克思主义思想内涵的壁画，在作者和委托者之间引起激烈争议，无法达成共识。随后，壁画事件引起社会广泛关注，并使得壁画争议上升到了对于艺术的功能、艺术家的权利、社会制度的选择等诸多方面的思考，支持者与反对者双方形成了对立的两大阵营。但里维拉始终坚持他的观点，不肯对壁画做任何修改。1934年，洛克菲勒中心将此壁画销毁。里维拉于当年回到墨西哥，在墨西哥美术馆重新完成了洛克菲勒中心被毁的壁画，以表明对特定社会变革的信仰和理念。一位艺术家，不为名利、不惧压力，坚守着自己的艺术准则和精神信仰，这是何等的难能可贵。

中心门口是一个广场，广场中间是露天滑冰场。广场对面竖立的一块石碑上刻着老洛克菲勒一句著名的话："世界上最伟大的是爱！"各国游客都纷纷在碑前摄影留念。

上个世纪80年代末，日本三菱集团下属的一家房地产公司曾以15亿美元的价格买下了洛克菲勒中心。据说当时美国有10%的不动产已落入日本人手中，有人惊呼，整个美国都快要被日本人买走了。但日本人不了解美国市场，

在日本，房子是不动产，坐等升值，而在美国，房子也是金融商品。1996年，三菱集团房地产公司宣布洛克菲勒中心项目破产，以3.08亿美元的价格，加上8亿美元的债务，卖回给美国人，接手的是洛克菲勒中心物业信托公司。2001年新年到来的前一周，洛克菲勒

中心物业信托公司宣布：纽约提西曼·斯贝尔斯地产公司和芝加哥克朗家族以18.5亿美元的价格联手买下了这个极负盛名的标志性建筑。所以现在的洛克菲勒中心已不再为洛克菲勒家族所拥有。我们在大楼门口看到了明显的GE标志。

在纽约市中心，华尔街聚集的是一大批金融企业，而洛克菲勒中心则是许多重要新闻出版集团的所在地，这里有NBC总部，时代华纳等美国主要传媒公司，以及世界最大的新闻中心——美联社。

2014年10月，中国安邦保险集团股份有限公司以19.5亿美元的价格收购了曼哈顿著名的华尔道夫酒店。该酒店始建于1893年，横跨49街至50街的整个街区，是世界上第一家摩天大楼酒店，也是当时世界上最高最大的酒店。据计算，该酒店每间客房成交单价高达130万美元，位列美国酒店行业最高成交纪录。对此，国内媒体进行了广泛报道，许多国人感到扬眉吐气，沾沾自喜。也有不少中外有识之士提醒，不要重蹈当年日本收购洛克菲勒中心的覆辙。美国林业大亨乔治·兰德格就曾告诫，中国人到美国进行投资，地产业和银行业轻易不要去碰。

是福是祸，是悲是喜，时间会给我们答案。

1月16日
星期五
纽约

纽约州艺术委员会的“艺术使命”

上午拜会纽约州艺术委员会，执行总裁（很遗憾没记住他的名字）和高级项目主管Rbert Baron接待了我们，并详细介绍了有关情况。

纽约州艺术委员会是一个政府部门，负责对非营利性艺术机构、艺术项目和艺术家个人的经费资助。资金来源主要有四个，一是私人捐赠；二是企业捐赠；三是基金会捐赠；四是政府拨款，但所占份额极小。资助对象必须是纽约州的常住居民。按他们的说法，“要不是纽约居民，要不是长期居住在纽约”。资助资金最多的一年是1998年，达5430万美元，最少的年份只有72.7万美元，2014年为3600万美元。资助额度最少的项目只有2.5万美元，最多的为14万美元，还有一部分资金用于对“服务基金”（即对一些非营利性机构进行资助的组织）的支持，数额在5000美元—70万美元。此外，委员会另有年度日常运转经费400万美元。

不比不知道，一比吓一跳，他们对公共文化的重视和资助力度远不如国内。纽约州在整个美国是做得最好的，但资助金额、范围、作用都很有限。由于政府拨款数额很小，且很不确定，所以委员会筹款的压力很大。只能有多少钱办多少事，见米下锅，看菜吃饭。

值得学习借鉴的是他们的一些理念和做法。比如关于申请审核的标准，除了要看财务健康情况，还要看艺术执行情况。他们提出了一个“艺术使命”的概念，就是强调对公众服务的效果，导向非常明确，突出公益性，突出受众的覆盖面。又比如他们认为，委员会最大的使命是支持艺术家，“所有艺术都来源于艺术创作”，因此一个社会的最高价值，一是要保证艺术家有资金可以生存，二是要保持艺术行业的正常生态。再比如，资助对象并不是由委员会说了算，而是成立由各界代表组成的评审委员会，以保证程序上的公正、道德上的干净和工作上的廉洁。

除纽约外，美国其他州也有类似机构。

哥伦比亚大学与一位中国老人的故事

午饭后参观哥伦比亚大学，校园环境既古朴厚重又整洁优美。

哥伦比亚大学（Columbia University），简称哥大，位于曼哈顿。其前身为1754年由英国国王乔治二世批准建立的国王学院，属于私立的美国常春藤八大盟校之一（另外七所为：成立于1636年的哈佛，成立于1701年的耶鲁，成立于1740年的宾夕法尼亚，成立于1746年的普林斯顿，成立于1764年的布朗，成立于1769年的达特茅斯，成立于1865年的

THE LIBRARY OF COLUMBIA UNIVERSITY

康奈尔）。学校由3个本科生院和13个研究生院构成。学校的医学、法学、商学和新闻学等专业在常春藤盟校名列前茅，由新闻学院颁发的普利策奖是美国新闻界的最高荣誉。哥伦比亚大学的校友和教授中一共有97人获得过诺贝尔奖，包括奥巴马在内的三位美国总统是该校的毕业生，因此该校被誉为政治家和经济学家的摇篮。2014年U.S.Nnews最新美国大学综合排名k中，哥伦比亚大学位居第4。

哥大与中国的关系可谓源远流长，为我国培养了不少杰出的人才。据统计，仅20世纪上半叶，便有1000余名中国留学生曾在哥大师院学习。哥大师院是美国最大的师范学院，教育大师杜威曾执教于此。这些学成归国的学生后来大都进入中国的政界、文化界、教育界，并成为诸多领域的开创者和奠基人。如国学大师胡适，人民教育家陶行知，中国幼教之父陈鹤琴，东南大学创校校长郭秉文，北大原校长蒋梦麟、马寅初，南开大学创始人张伯苓等。其中郭秉文是从师院毕业的中国第一位教育学博士。

由于时间关系，我们重点参观了哥大原图书馆（现已改作行政办公楼），这栋建筑可说是哥大历史和智慧的标志。哥伦比亚大学图书馆系统以 Butler Library 为首，共设有23座分馆，每个分馆都各具特色，尤以 Avery 建筑及精致艺术图书馆、社会工作学院图书馆、新闻学院图书馆等最为著名。其中东亚图书馆有非常丰富的中文图书，流行小说、古典文学，甚至有的县志都可以在这里找到。其亚洲类藏书量居全美第二，仅次于哈佛大学的燕京图书馆。

目前在哥大读书的中国留学生很多，我们的导游小邓在芝加哥大学毕业后，正在哥大读研究生。由于名气大，教学质量高，学费也贵，大概每年需要6万美元左右。据魏老师介绍，哥大也是美国大学中最早设立汉学系的大学。这个汉学系，就是今天的哥伦比亚大学东亚系。它不仅是全美最早的汉学系，也是中国文化海外传播与研究的一块高地。胡适、梁实秋、冯友兰、徐志摩、马寅初、陶行知、蒋廷黻、蒋梦麟、金岳霖、陈衡哲、潘光旦、闻一多、张奚若、吴文藻、唐敖庆、姜圣阶、孙科、宋子文、陈公博等都曾在此留下过足迹；顾维钧、张学良、李宗仁、张国焘则在这里留有珍贵的第一手口述实录。

关于胡适，有统计说他一生曾获得过36个博士学位，堪称“中国第一”。其中包括他在上世纪三四十年代担任驻美大使四年获得的27个荣誉博士学位。至于他是否获得过哥伦比亚大学的博士，有很多议论和怀疑，但据说胡适从未宣称过自己是哥大博士，一开始也进行辟谣，后来这一说法流传越来越广，他感到无能为力，也就不再发声。

说起汉学系的由来，还有一个国内鲜为人知的关于一位中国老人的感人故事……

1901年春夏之交，哥伦比亚大学发生了一件对后来影响深远的大事，事件的主角是当时被美国人称为“猪仔”、来自中国广东的华工丁龙。这位贫穷的华工为了宣扬当时备受屈辱的祖国的文化，终生未婚，省吃俭用，想将一生积蓄捐献给美国一所著名的大学，恳请它开设一个汉学研究系。

有人捐钱，美国大学一般是很乐于接受的，但这次不同，首先，这笔捐款是有条件的，它开宗明义地提出要建立

一个汉学系。其次，建汉学系需要一大笔资金，而这位华工终其一生的积蓄也只有1.2万美元，相差太远。第三个因素就更重要了：那时等级森严，名牌大学也不是谁捐钱都收的。

为了用这笔捐款达成自己的心愿，丁龙历尽艰辛。幸运的是，他有一个敬重和深深赏识他的主人卡本蒂埃将军（1824—1918）。卡本蒂埃是哥伦比亚大学的优秀校友和大金主，是哥伦比亚大学医学院和女校的校董。为了实现自己仆人的这个愿望，卡本蒂埃多次同哥伦比亚大学的校长斡旋，自己也陆续捐款近50万美元，后来还捐出了在纽约的住房。所以建成哥伦比亚大学汉学系之日，他本人也被拖累至濒临破产，只得搬回乡村老家度过余生。

可事情并没有这么简单。即使有了富翁和杰出校友、校董的出面支持并追加补足了建系的全部费用，哥伦比亚大学校方还是不愿意以丁龙这样一个无名之辈的名字来命名。他们先是想用当时清政府总理大臣李鸿章（李当时刚刚访问过纽约，在纽约家喻户晓）或清政府驻美大使伍廷芳的名字；后来，慈禧太后得悉消息后，捐赠了《钦定古今图书集成》等五千多卷善本书，学校又想用中国皇家的名义来命名。令人钦佩的是，卡本蒂埃始终坚持用仆人丁龙的名字，否则就撤资。最后，哥伦比亚大学校长妥协了。

现在我们还能看到卡本蒂埃1901年6月8日写给当时哥伦比亚大学校长的书信，首先映入眼帘的是这样几行滚烫的字眼："50多年来，我是从喝威士忌和抽烟草的账单里一点一点地省出钱来。这笔钱随此信奉上。我以诚悦之心情将此献予您去筹建一个中国语言、文学、宗教和法律的系，并愿您以‘丁龙汉学讲座教授’为之命名。这笔捐赠是无条件的，唯一的条件是不必提及我的名字。但是我还想保留今后再追加赠款的权利……”

1901年6月28日，丁龙也给校长写信捐出了自己的全部积蓄：“谨此奉上12000美元现金支票作为对贵校中国学研究基金的捐款”，并署名：“一个中国人”。

丁龙，一位了不起的中国人，一位永远不能忘记、永远值得敬重的中国人！

但对于这位灵魂高贵的中国老人的晚年所终，却至今仍然是个谜。

有人说，丁龙“回家了”。也有人猜测丁龙在纽约上州高尔维镇卡本蒂埃的庄园辞世，并埋葬在那里。2004年，在哥伦比亚大学庆祝建校250周年的时候，校方派人找到了卡本蒂埃的老家，惊奇地查找到了那个小镇上有一条100年前命名的“丁龙路”。100年来，小镇上的人们一直在用这种方式来铭记一位在美国做出过贡献的东方老人。然而，这里并没有丁龙的坟墓。2006年，哥伦比亚大学的一位校长助理曾到中国广东寻找丁龙的信息，也没有找到相关线索，无法确定丁龙究竟是在美国去世了还是回国了。

因为丁龙，卡本蒂埃对中国有着特别的情感。卡本蒂埃生前曾多次到广东，并向广州的博济医学堂捐款2.5万美元。博济医学堂成立于1866年，是我国最早设立的西医学府。1879年，博济医学堂改名为博济医院南华医学校，孙中山曾在此学医和从事革命活动。1936年，博济医学堂发展成为岭南大学医学院，现为中山大学中山医学院。在岭南大学医学院的捐款者名单上，仍能看到卡本蒂埃的名字，他是当年最早的捐助者之一。

大街上的售货摊点与餐车

让我万万没有想到的是，在纽约的街道上包括最主要的繁华大街上竟允许售货摊点存在。有卖水果的，有卖面包、点心的。在多个十

字交通路口和一些巷子里，都看到有销售服装、鞋袜、手套、手机外壳等日常生活用品的摊位，这些小商品大都是中国制造，多来自浙江等地，款式、质量都不错，价格也很便宜。特别令我惊诧的是，竟然随处可见现场加工煎炒食品的餐车。这要是在国内大城市，别说北京、上海，就是在一些省会也是不被允许的。我问导游为什么在纽约这个国际大都市会有小摊点存在，他说一是为了解决底层群众的就业问题，二来也是方便市民。确实如此，我看到不少摊点和餐车面前站着不少消费者，有的还排着长长的队伍。只是他们的餐车好像是统一订制的，外观整洁、干净，垃圾、污水并不外排，并不影响城市形象和环境卫生。也许正因为这些移动摊点的存在，才给这座冰冷的水泥墙林立的城市增添了一些温馨和生活气息。

离开纽约州艺术委员会前往哥伦比亚大学时，正想找个地方解决肚子问题，突然眼睛一亮，在哥大门口竟有两个餐车醒目地写着“中国快餐”几个字，简直不敢相信。走近一看、一打听，果然是我们的同胞开的。一个老板是王阿姨，另一个叫李阿姨。我很好奇，这里怎么会有中式餐饮销售？原来是因为哥大有不少中国留学生，李阿姨就是跟着儿子来陪读的。因为正值假期，中餐车还算比较少的，要是平时得有10多辆呢。

这些天，见各大街上都有各式餐车、售货车，因语言不通，一直没有了解到相关具体情况，这下可好，天赐良机。据她们告诉我，这些餐车每辆购买经费在4万美元左右，除了上交营业税外（税额根据营业执照确定），不用再交任何费用，且不限制摆设地点。我原来疑惑是否要经过特别批准才能在大街上经营，得到的回答是不需要，想在哪儿经营就可以在哪儿经营。王阿姨的餐车在正常月份纯收入在800美元以上，现在约300美元，很不容易。

城市是什么？城市不仅是物质寓所，也是精神家园，不仅是高大

上的华丽建筑、宽阔马路，更应该是功能齐全、服务便捷的理想生活之地。古希腊哲人亚里士多德有一句名言："人们来到城市是为了生活，人们居住在城市是为了生活得更好。"当年上海世博会提的口号就是"城市让生活更美好"。我想，美好的城市，一定应该是和谐的城市、共享的城市、温馨的城市、包容的城市，对老百姓来说，还应该是富有人情味的城市、生活便捷的城市、有温度的城市。"人"才是城市的主体，对"四小"（食品小作坊、小餐饮、小食杂店、小摊贩）怎么管理，体现了一个城市的发展理念、人文关怀，加强城市管理，维护城市整洁，提升城市形象，绝不是简单一禁了之，而应该一切以人为本、以人为中心，按照"方便群众、合理布局"的原则进行规范化、人性化管理，这才是城市管理的最高境界。

纽约交通之乱象

这些天，一个很深刻的印象，就是纽约的交通秩序比较混乱。虽然明文禁止，处罚也很严厉，但大街上仍然随处可见车辆乱停乱放、行人乱闯红灯的现象。

经与接送我们的司机梁师傅交谈得知，按规定，纽约街道上只允许商业用车因装卸货物等原因可以停留不超过3个小时。私人家用车可在随处可见的自动咪表收费机上交纳了2美元之后，在规定地点临时停

车2小时。但实际上违反规定的现象十分普遍。纽约街道上很难看到像我们国内大批警察在路面执勤的情景，他们也是雇了一批类似国内的编外警察——协警，由他们上街进行违章车号登记。让人气愤无奈的是，他们的协警也和国内经常抱怨的“钓鱼执法”一样，停车时见不到人，一旦违规停放，就会立即手拿着罚单，不知从哪里冒出来。一般违规每次罚款115美元；如果阻挡了消防设施等，须罚225美元；阻碍了残疾人通道，则要罚200至300美元。据说，仅此一项，纽约全年罚款收入达7.2亿美元。如果被抓到酒驾，则终生记录，后果非常严重。所以这些天梁师傅在把我们送达目的地之后，一般都选择离闹市区比较偏远的地方待着，待公务活动结束时再约定时间、地点前来接送。

对纽约随处可见的擅闯红灯现象，美国人的解释是因为纽约节奏快，且有许多是世界各地的游客（一年达5000万人）所为，并强调说，闯红灯现象只在大城市比较普遍，在小城镇则很少出现。这种解释显然有点牵强。正因为大城市人口多、车辆多，大家才应遵守交通规则，小地方本来就没几个人、没几辆车，这种现象当然少喽。

为此，我还专门请教了一位美国人，他告诉我，纽约的确是全美交通秩序最乱的城市之一。这一方面是因为那里工作生活节奏快，时间就是金钱，因而往往争分夺秒；另一方面则是纽约人的文化特性所致，由于长期形成的优越感，他们个个认为自己拥有优先通过权，因而无论是机动车驾驶员还是行人都经常争先恐后，奋勇当先。在国内那种速度稍慢就迫不及待、大按喇叭的现象在这里也大量存在。

闯红灯绝不是中国的独特现象，也不知道是谁、出于什么目的杜撰、编造了所谓“中国式闯红灯”的说法。这几天在纽约，自己沾染了一个坏习惯，就是闯红灯——“纽约式闯红灯”。从最初感到不好意思、无所适从，到后来心安理得、泰然处之。

当然，他们的交通管理也不是一无是处。除了刚刚说的严格处罚之外，这几天走在大街上，感到纽约十字路口的黄灯时间很长，我问导游这是为什么，因为在国内有的地方只有几秒、十几秒，经常会遇到该不该走过去的纠结。导游告诉我，这恰恰就是纽约的黄灯所想解决的。纽约规定，如遇黄灯，行人只要进入斑马线，就可以继续前行，因为黄灯时间很长，而路口又很短，所以一般不会出

THE WORLD'S LARGEST STORE
macy's
BUSES ONLY
KEEP RIGHT
sunglass hut
Good To Go Services,
Same Day Delivery & Setup

现走到半路换了红灯的尴尬情景。国内一些城市，之所以交通秩序那么差，除了市民文明交通素质跟不上之外，还有一个重要原因，就是在交通管理上有的理念、做法还很落后甚至是错误的。比如交通指示灯的设置，不少很不合理、很不科学，往往不是从如何有利于车辆、行人通行的角度考虑，而是一种“懒人”管理模式，信号持续时间的长短、变更不能及时反映每个路段、街口的交通运行和人员行走情况。大家可能都有过这样的经历，由于道路路面宽阔，有时连一个健壮的男性小步带跑都走不过一个绿灯。曾看过一篇文章，说香港这个弹丸之地，车辆保有量这么多，为什么不堵车，其中很重要的原因，就是他们的智能交通指示灯可以根据流量随时调整时间长短。目前国内如北京、上海等一些大城市也已开始设立类似系统。黄灯的设置也是如此，国内还曾为此进行过碰到黄灯能不能走、算不算闯“红灯”的争论。纽约的做法告诉我们，问题的关键是究竟以行人为本还是以谁为本。

纽约这座城市虽然建筑很密，街道很小，但因为大部分街道都实行单向通行，倒也基本不堵车。这跟香港的情形很相似。香港许多街道很窄，但车速倒很快。他们的做法就是大量实行单向通行，同时通过高额的停车费、燃油税、环境税以减少车流量。据统计，只有不足10%的市民每天开着私家车出行。

就整个城市规划建设而言，美国等西方国家也有不少成功经验可作借鉴。毕竟他们在城市化道路上比我们先走了上百年。早在

1910年，美国城市人口占总人口的比例就已达45%，50年代初超过50%，60年代初超过了60%，本世纪初已接近80%，而我国直到今年城镇化率才达到56.1%。目前，国内城市建设管理中普遍存在“四重四轻”现象，即“重”现代“轻”传统，缺少“历史记忆”和“思想符号”；“重”眼前“轻”长远，“百年工程”“经典建筑”少；“重”上“轻”下，地上高楼大厦，地下设施建设不配套；“重”硬“轻”软，绿化美化亮化很好，而市民素质、公共服务跟不上。也正因为如此，这些年，从中央到地方越来越把城市工作摆在了更加突出的位置。

诺贝尔经济学奖获得者、世界银行首席经济学家斯蒂格利茨曾预测，中国的城镇化以及以美国为首的新技术革命，是影响21世纪人类进程的两件大事。我们拭目以待。

百老汇与《妈妈咪呀》的成功

晚饭后，在百老汇Broadhurst Theatre剧院观看著名音乐剧《妈妈咪呀》。票价每人89美元，这还是团体价。如果是单人购买，则近200美元。

来纽约前，早就听说过《妈妈咪呀》。今天有机会在著名的百老汇欣赏、体验，别有意义。

《妈妈咪呀》讲述的故事发生在美国上世纪70年代左右的性解放时期，妈妈唐娜在短期内与三位男性发生关系，以致自己都不知道女儿苏珊的亲生父亲是谁。女儿即将出嫁，她很希望自己的父亲能够亲自出席婚礼，于是在出嫁之前，她偷看了妈妈的日记，发现妈妈有三个情人且都极有可能是她的父亲。情急之下，她根据所找到的旧信件地址，寄了三张请柬邀请他们都来参加婚礼。跌宕起伏、诙谐幽默的故事由此展开。

该剧于1999年在伦敦爱德华王子剧院首演，引起空前轰动。2001年进军百老汇，演出了近

2000场，成为百老汇演出时间最长的音乐剧，超过了《音乐之声》。据统计，到2010年，已经巡演全球240座城市，观看人数超过4200万，创下20亿票房，摘得“世界第一音乐剧”桂冠。2011年，《妈妈咪呀》中文版成功登陆中国，演出300多场，刷新了中国舞台剧演出的多项纪录。

该剧的成功，首先是因为它的题材、故事和创意，特别是在推进高雅音乐剧平民化、生活化、幽默化方面所作出的积极探索，同时得益于高水平的表演以及与观众的融合互动，所有演员表演之投入，专业水准之高，尤其是谢幕后近半个小时的精彩加演，把整个演出推向了最高潮。同伴们都情绪激昂，异常兴奋，说从来没有看过如此激情的谢幕演出，从来没有见过如此激情的观众，从来没有感受过如此热烈的现场氛围。高水平的演出需要高水平的观众，高水平的观众培育高水平的演员。《妈妈咪呀》给我们的最大启示就是，严肃艺术也可以多样化、平民化、通俗化，也可以接地气、有人气。艺术只有真正为群众所喜爱，才会有生命力、影响力。这可能也是百老汇艺术之所以成功并长盛不衰的一个重要经验和秘诀。

百老汇（Broadway），有人说有好几层含义：第一层含义是地理概念，是指时代广场附近12个街区以内的36家剧院；第二层含义是指在百老汇地区进行的演出；第三层含义是整个百老汇的演出产业，包括在纽约市以外主要以演出百老汇剧目为主的剧院。

百老汇的名称，还有另一种说法，认为这个名字是从荷兰文Brede weg翻译过来的，这和把Wall Street翻译成华尔街是同样的道理。

百老汇是美国的商业性戏剧娱乐中心，观赏百老汇歌剧已日益成为来纽约参观、访问、旅游的人们不可或缺、最渴望的活动项目之一。纽约能成为世界艺术中心、世界娱乐先锋， 百老汇功不可没。

不到百老汇，等于没有来美国。但据有关资料，来美国的游客中，十个之中有七八个会去参观自由女神像，有两三个会去帝国大厦，只有一个会去百老汇。

看来牛皮真是吹出来的。

1月17日
星期六
纽约

中国人与美国人的性格特点

今天是周六，来美后的第一个假日。

这些天，魏老师几次谈及中美两国人的性格特点和差异问题。才来美国几天，我是没有资格去讨论这个话题的。但从最浅层的表象看，是不是可以说：美国人比较外向，中国人比较内敛；美国人比较开朗，中国人比较含蓄；美国人比较愿意表达，中国人比较深藏不露；美国人比较直接，中国人比较委婉；美国人比较执着，

中国人比较随性；美国人比较较真，中国人比较宽容；美国人比较注重程序，中国人比较注重结果；美国人比较注重规则，中国人比较注重关系；美国人比较讲究享乐，中国人比较提倡勤勉；美国人比较注重大众礼节，中国人比较注重朋友情谊；美国人比较喜欢什么事都公开摆在桌面上，中国人比较喜欢私下沟通与协商；美国人比较难达成

一致，也较难改变一个已经确定的意见，而中国人则比较容易形成共识，同时又比较善于变通。凡此种种。而且这种根深蒂固的国民性必然反映到两国政治、经济、文化生活中，也必然反映到两国人民的交流交往中。

就拿这次公务安排来说，要是在中国，是不可能如佩里媒体中心那般安排在中午这种不尴不尬的时间来接待外宾的，也是不可能像在新闻集团那样当着客人的面不断提醒："还可以提最后一个问题。""对不起，我有事不能陪你了。""你们的时间到了。""你们该走了。"这种下逐客令式的催促显然是极不礼貌、令人难以接受的。在佩里媒体中心，当我们提出能否看一段尼克松访华的电视新闻时，也是被他们以时间不够为由拒绝了，其实那段视频只有短短十多分钟。现在中美首脑会晤都经常延时、加点了，而他们却是那么较真、呆板，那么不通融。当然，这也从另一方面反映了他们精确的时间观念、效率意识，凡事预先约定，遵守承诺。而在我们中国，奉行的是因事而定、随机而变、视人而为。这也是中西文化、中西思维、中西行为方式的一个重要区别。

在中国，有朋自远方来，不亦乐乎，除公务上的周到安排外，一定要表达一下心意，比如赠送一点纪念品，举办一次宴请，方才圆满。这次赴美，出于礼节，我们为每个参观考察单位准备了几份景德镇产的精美瓷器，虽然不是高档产品，却也是一件颇有意义的纪念品。中国有句古话，来而不往非礼也。在美期间，尽管不少机构都表现出对我们的欢迎，但给人的感觉更多是一种例行公事，而不像中国那样比较注意情感的交流，友情的培育。对这一点，前几年去英国、俄罗斯等国出访时也有同感。中国确实是一个讲人情、重人情、充满人情的社会。现在有不少文章把这作为中国人的劣根性来进行批判，我不以为然。人是感情动物，岂能没有人情？讲人情有什么错吗？充满人情味难道不是比人情冷漠要好上很多倍吗？只是不要使正常的人情交往走样了、变味了。其实，即使如美国这样所谓的法治国家，不也到处存在着各种各样的裙带关系、人情交

往吗?

魏老师认为，美国人的性格与中国人最相似，中国人“善良”，美国人“真诚”，所以两国人民应该是最能合作、最能友好相处的。对这个观点我并不认同，也不想评价。他还说，美国人非常讲信誉、办事认真，一旦认定、答应的事情，一定会信守承诺，认真办好。也许作为一个个体是这样的，但作为一个群体、一个政党、一个国家，似乎并非如此。美国总统上台后不兑现诺言、对别的国家背信弃义的事情还少吗？魏老师认为，美国人还有一大负面性格特点，就是凡事讲程序，反复沟通，反复商量，反复讨论，相互牵制，相互扯皮，从而造成运转失灵，效率低下。他的观察是对的，小到新世贸中心名字的更改，大到美国决策中已经司空见惯、成为顽症的两党争斗，都是这种民族性格、民族文化的反映。这就是美国。是也非也，好也谬也，成也败也，自由历史去评说。

说到美国人的处事方式，魏老师还讲到前几年他在美国所经历的一件事，对我触动很大。当时他自己想购买一辆小汽车，便通过关系找到汽车总厂，希望能给予最优惠的价格。对方在耐心听完他的诉求后，很客气地告诉他，厂里的销售价是12万美元，而当时4S店的价格是10万美元。他很是不解，问道：你这不是比外面还要贵吗？对方告诉他，没错，我们这里肯定比销售商更贵，我们的目的就是要你去销售商手里购买。他们认为，如果不是这样，整个市场秩序就乱了。其实这不仅仅是个市场秩序的问题，在市场经济条件下，经销商才是企业的龙头、企业的生命，一切以经销商为主，做大做强经销商就是做大做强企业本身。

整整一个礼拜中午都没有休息，饭后洗了几件衣服准备好好享受一下，可刚慵懒躺下不久，服务员就又是敲门又是开灯又是喊叫的，要进来搞卫生。我没搭理她，爬起来把灯关了，把门反锁起来，准备继续睡觉，没想到的是，服务员竟然又在不断地敲门，只好再次起来告诉她不需要打扫这才离开。真是“不得转”啊，这要是在国内，如果客人在休息，怎么可以这样三番五次去打扰呢？被她这么一气，午休也就泡汤了。

说到美国人的刻板还领教过一次。一个朋友托人给我带了些东西放在总台，并说明了是给某某房间谁谁谁的，可当我拿着房卡去领取时，服务员就是不同意，好说歹说半天也不行，非得出示身份证件证明你是谁谁谁不可。

这就是美国人！

黑人的地位与高犯罪率

这些天一直在观察，发现酒店服务人员基本上都是黑人，在大街上从事流动摊点销售的也大都为黑人。据魏老师他们说，在美国从事装卸等体力劳动的也一般为黑人和墨西哥等国家的人。美国虽然从法律上已经解决了种族歧视问题，但现实中的不平等却随处存在。经济基础决定上层建筑，社会分工决定社会地位。这种明显的种族分工，怎么可能带来黑人与白人在经济、政治地位上的平等呢？美国白人对黑人的成见偏见是根深蒂固的。有时我们看美国新闻觉得很奇怪，在处理一些刑事案件时，明明是警察误杀平民、误杀黑人，可法院审判时却往往判决他们无罪。这是怎么回事，美国不是所谓的法治社会吗？美国朋友告诉我，这跟黑人的刑事犯罪率高以及他们的陪审团制度有很大关系，陪审团成员都是当地居民，他们更需要的是白人警察的保护，因此在投票时一般都会偏向警察。

说到美国黑人的犯罪率，刚好有个数字。2013年，全美约有900万人被逮捕，其中黑人占28.3%。而因涉嫌暴力犯罪（谋杀、非过失杀人、强奸、抢劫、加重攻击罪）被逮捕的39万人中，黑人高达38.7%。截至2013年年底，在美国各州和联邦监狱里被羁押的犯人中，36%是黑人。

有专家说：在美国，黑人犯罪率是华裔的100多倍。

其实，就整个国家而言，美国也是犯罪率最高的国家之一。1994年联邦监狱中的囚犯数量约10万人，2008年以后这一数字超过了20万，2013年达220万，如果再加上假释和缓刑的人数，犯人数量约

为475万，平均每51个成年人就有一个是犯人。

黑人的犯罪率为什么这么高？难道黑人天生与犯罪有关？事实显然并非如此。最近有越来越多的专家学者认为，黑人高犯罪率产生的原因在于美国社会存在的种族歧视和不平等。

据有关资料，目前美国白人和黑人的高中毕业生比例大致相当，分别为87.6%和84.2%，但大学生的比例却差距很大，白人占30.3%，而黑人则只占19.8%。根据美国人口普查局提供的数字，截至2013年，黑人在美国人口中占13.2%，但各大专院校中黑人教授只有1.1%，获得博士学位的黑人学生只有1.8%，黑人硕士生2.7%，黑人科学家和工程师中只有2.5%，黑人科研部门经理只有1.8%。

在经济领域，2014年美国黑人的失业率为10.4%，是白人的两倍多；在某些城市，年轻黑人的失业率超过50%；而黑人大学毕业生的失业率，往往跟那些高中还未毕业的白人男子相当。黑人家庭收入中位数为34598美元，是白人的59%，而且自1967年以来一直没有多少变化。

另据美国人口普查局2012年公布的报告，2011年美国的贫困人口为4624.7万人，其中黑人1092.9万，占黑人人口总数的27.6%，比例最大；其次是拉美裔，比例为25.3%；而白人的贫困率却仅为12.8%。18岁以下的美国儿童中，有21.6%生活在贫困线以下，而黑人儿童的贫困率高达38.2%。

受教育机会少，失业，贫困，无疑助长了黑人的犯罪。有学者

甚至极端地说，“贫穷的黑人几乎没有成功的机会，除了犯罪。”

而那种无处不在、无时不有的种族歧视，更是把黑人推向了痛苦的深渊，也是黑人犯罪率上升的重要原因。

尽管上世纪60年代以来，轰轰烈烈的民权运动使得种族歧视的言论和行为成为美国政治和社会的禁忌，“黑鬼”（Nigger）的称呼已经成为永远的过去，中性的“黑人”（Black）也已很少使用，取而代之的是“非洲裔美国人”（African American）的称谓；尽管长期以来美国政府积极实施“肯定性行动”用于补偿历史上对黑人和少数族裔的伤害；尽管奥巴马作为首位黑人美国总统曾让黑人和其他有色民族热泪盈眶、激动万分，然而正如德国《法兰克福汇报》所言，种族歧视并没有因为一个黑人总统而改变，美国的社会鸿沟仍很巨大。

借用古代先贤王阳明的一句话“破山中贼易，破心中贼难”，在美国，拆除白人与黑人之间法律、制度等方面的有形篱笆是容易的，而要消除彼此之间深藏在心底的无形隔阂却绝不是一朝一夕之功。

有人指出，美国警察不愿意在白人居住区巡逻，而把所有注意力都放在黑人区内，所以发现黑人犯罪的机会比白人要高得多。而且，即使发现了犯罪，比起对待黑人来，警察也不愿给白人意逮捕白人。同样，检察官也不愿对白人起诉，法官也不愿给白人定罪判刑。

去年七八月份，美国相继发生43岁黑人小贩加纳（Eric Garner）被警察“锁喉”致死，以及18岁黑人青年布朗（Michael Brown）在未携带武器，且和警察接触不超过三分钟的情况下，被白人警察枪杀的事件，但涉事警察均免于起诉。这两起事件都引发了遍及全美国的示威活动 。2015年，美国有1134名黑人被警察杀死，达到了历史峰值。在被警察杀死的黑人中间，有五分之四在被杀之前没有向警察开火，有五分之一并未携带武器。

试想一下，如果受害者是白人，而黑人是警察，那结果又将如何？

从2012年开始，美国三位黑人社会工作者创办了一个全国性的网络团体“黑人命也是命”（Black Lives Matter），在全美发起开展了一场“黑人命也是命”运动。

看着这刺眼钻心的名称，心里说不出的难受。这使我想起上世纪二十年代安源路矿工人大罢工时提出的震撼心灵的口号：“从前是牛马，现在要做人。”人不成为人、命不成为命，那唯一的出路就是反抗。

所以有学者认为，美国黑人的高犯罪率恰恰就是对不公正现实的一种反抗：在内战前黑人用暴力反抗残酷的奴隶制，这是对自由、正义的追求；从内战到战后民权运动前，黑人用暴力反抗赤裸裸的种族歧视；民权运动后，黑人用暴力反抗变相的种族歧视和社会不公。

许多美国有识之士高声喊出：黑人犯罪率高不是人种问题，而是美国政治制度问题导致的，美国政治制度才是罪犯的温床，是犯罪高发的根本原因。要有效抑制黑人的暴力犯罪行为，降低犯罪率，就必须改变社会不公，变革社会制度，实现社会平等。

我查了一下2014年美国城市犯罪率排名，发现一个现象，并不是黑人多的地方就是犯罪率最高之地，两者之间并没有正相关关系。比如华盛顿市，黑人比例超过一半，但其犯罪率却是较低的。见下表：

美国城市犯罪率排名

1	Tacoma，WA（塔科马，华盛顿州）
2	Miami，FL（迈阿密，佛罗里达州）

3	New Orleans，LA（新奥尔良，路易斯安那州）
4	Las Vegas，NV–AZ（拉斯维加斯，内华达州）
5	New York，NY（纽约，纽约州）
6	Portland OR（波特兰，俄勒冈州）
7	Mobile，AL（莫比尔，亚拉巴马州）
8	Stockton，CA（斯托克顿，加利福尼亚州）
9	Detroit，MI（底特律，密歇根州）
10	Dallas，TX（达拉斯，得克萨斯州）
11	Seattle WA（西雅图，华盛顿州）
12	West Palm Beach，FL（西棕榈滩，佛罗里达州）
13	Houston，TX（休斯敦，得克萨斯州）
14	Fort Lauderdale，FL（劳德代尔堡，佛罗里达州）
15	San Bernardino，CA（圣贝纳迪诺，加利福尼亚州）
16	St. Louis，MO（圣路易斯，密苏里州）
17	Denver，CO（丹佛，科罗拉多州）
18	Jacksonville，FL（杰克逊维尔，佛罗里达州）
19	Jersey City，NJ（泽西市，新泽西州）
20	Phoenix，AZ（菲尼克斯，亚利桑那州）
21	Orlando，FL（奥兰多，佛罗里达州）
22	Rock Hill，SC（洛克希尔，南卡罗来纳州）
23	Arlington，VA（阿灵顿，弗吉尼亚州）
24	Oakland，CA（奥克兰，加利福尼亚州）
25	Kansas City，MO–KS（堪萨斯城，密苏里州）
26	Chicago，IL（芝加哥，伊利诺伊州）

黑人犯罪问题一直是美国心头的痛，也是美国难解的结。

从上个世纪90年代末开始，伴随着珠三角“世界工厂”的繁荣发展，大批非洲人来到广州，形成了规模较大的非洲人聚居区，目前常住人口1.1万多人，约占全市常住外国人总数的14%，被民间称为“小非洲”或“巧克力城”。最近，国内不少人很关注这个特殊的群体，表现出极大的担忧，有的甚至把他们与犯罪、艾滋病等直接联系起来。这可能失之偏颇。据调查，合法在穗非洲人主要是留学生和商人两大群体，其中相当一部分在他们的国家接受过高等教育，在本国大多属于能力较强的社会精英阶层。真正要引起重视和解决的是“三非（非法入境、非法居留、非法工作）”非洲人问题，据说这一群体人口已达50万，并仍以每年30%—40%的速度在增长着。

魏老师认为，世界上真正做到了人人平等的，还是中国的毛泽东，他在新中国成立后采取的取缔卖淫嫖娼、通过新《婚姻法》规定男女婚恋自由、实行男女同工同酬等等，是人类历史上的巨大进步，而美国直到上世纪60年代黑人和妇女还在争取最基本的投票权和生存权。1964年，美国国会迫于形势才通过《民权法案》，宣布种族隔离和歧视政策为非法。我觉得他的观点是实事求是、有说服力的。毛泽东作为社会主义新中国的缔造者，他的历史功绩是任何人都无法抹杀、否定的，他的历史贡献是全世界、全人类的。平等是根植在毛泽东血液中的理想、信念，也是他一生奋斗的目标。一段时间以来，美国等西方国家总是拿所谓人权问题攻击我们，你们有什么资格呢？还是先把自己的事情解决好吧。

1月18日
星期日
纽约—华盛顿

披上了光环的“自由钟”

今天下雨，我们结束纽约的行程乘车前往华盛顿。车行一个多小时到达宾夕法尼亚州的费城。

雨越下越大，且没带雨伞，大家还是冒雨参观了自由钟和独立宫。

自由钟高约1米，钟口周长3.7米，重943公斤。1751年由宾州州议会以100英镑的价格从英国订购，由伦敦著名的怀特佩尔

（Whitechapel）铸造厂铸造，1752年移交给州议会大楼（即现在的独立宫或独立大厅）。

由于当年工艺水平不高，大钟运到费城试敲时就破裂了。一年后两个当地铸造工重新铸造成型。1835年庆祝华盛顿生日时，又被敲出一尺长的裂痕。十年后在同样的活动中，它被敲出了我们现在看到的这条著名的锯齿状裂缝。从此，自由钟再也无法修复，除了每年的独立日，其他时间极少被使用。

有人说，自由钟是费城的象征，更是美国自由精神的象征，是美国人的骄傲。在历史上，自由钟也确实与美国许多重大事件相联系。比如第一次宣读《独立宣言》时就曾敲响了自由钟。其实自由钟只是宾州议会普通的甚至是铸造质量比较低劣的一口金属钟而已，之所以现在名气这么大，这么多人慕名前来，甚至对它顶礼膜拜，是因为美国乃至西方世界不少政客赋予了它许多新的特别的内涵。

我很奇怪，在参观自由钟时，几位安检人员竟然会用中文说：“一个一个来”“转一圈，再转一圈”。更令我惊讶的是，大厅墙壁最中心、最显眼的位置上，悬挂着两个人的巨幅头像，一位是曼德拉，另一位是达赖。大厅侧边还专门辟有一间中文电视片播映室。这难道是专为中国人而准备的吗？一切都是那么赤裸裸，那么不加掩饰。国内常有人讲美国人从来不搞宣传，也没有宣传机构，我们暂且不去说美国白宫的新闻发言人制度及其对新闻舆论的调控机制，但这难道不就是宣传吗？而且是针对性目的性极强、明目张胆的宣传。他们一点也不想遮掩、隐瞒自己。

联想到纽约的自由女神像，美国在这方面可谓费尽心思。他们这种潜移默化、润物无声的价值观渗透，无疑是极为有效的。最大的效益和收获就是树立了美国在世界上的自由、民主形象，而其原来的含义却早已为人们所淡忘。我们不是也提出要使核心价值观具体化、生活化、日常化吗？不是要求做到“百姓日用而不觉”吗？目击道存，触景生情，我们在进行思想政治教育、爱国主义教育、社会主义核心价值观教育时，能不能也不那么抽象、空泛？能不能也打造出我们自己的具有世界影响力的文物品牌、革命品牌？美国有自由钟，我们能不能有和平鼎、正义鼓、平等碑？能不能把我们的井冈山、瑞金、延安打造成人类追求民主、独立、平等、解放的圣山、圣地？我们过去对革命圣地的定位往往只是从中国革命史、中共党史的角度去认识、去评价，但我们党的最大追求和最高目标是共产主义，是全人类的幸福和解放，只讲它对于中国的意义显然是很不够、很狭窄的。

魏老师把费城与井冈山相比，说两地都是革命的圣地，都是两国人民的精神家园，认为井冈山斗争的最大意义，并不是艰苦奋斗，也不是创新精神，如果放在中国5000年历史长河中来看，最大的功绩是把农民当成社会的平等成员，并把共产党人的崇高理想转化为广大农民的实际行动，依靠他们取得了革命的成功，建立了新中国。一家之言，不无启发。但我们党发动农民、组织农民、武装农民、依靠农民，并不是从井冈山才开始的。

美国“第一州”

离开费城，途经号称美国第一州的特拉华州（Delaware）。该州之所以被称为“第一州”，并不是因为它面积大、人口多、实力强，而是跟美国的一段历史有关。

特拉华州其实是美国最小的州之一，按土地面积排在倒数第二，只比罗得岛州大一点；按人口排为倒数第六，还不到100万人，在国会众议院435个席位中只占1席。那它凭什么号称美国第一州呢？

继两届大陆会议之后，随着独立战争临近胜利，美洲各个原属英国殖民地的州代表于1787年5—9月在费城召开了制宪会

议，史称费城会议，39位与会代表于9月17日在宪法文本上签字，其中就有5位来自特拉华州。

宪法规定，联邦宪法需要取得9个原殖民地立法机构的批准才能生效。特拉华州虽小，但它是制宪会议的积极参与者。宪法规定联邦议会分为参众两院，其中参议院每州两个席位，大小州一视同仁，照顾了像特拉华等面积小人口少的小州的利益。所以制宪会议结束后，特拉华州议会第一个在1787年12月7日批准了联邦宪法，而且是以全票赞成（30比0）通过。从立法角度讲，美利坚合众国要待第二年6月新罕布什尔州第9个批准宪法后才真正建立。而等到北卡罗来纳与罗得岛两个州批准宪法，13个参与独立斗争的殖民地州全都加入美国，还要再过一年左右。

就这样，特拉华成为名副其实的美国第一州。不仅他们自己这样称呼，时至今日，美国人在许多正式场合，都会将50个州按照加入美国的先后顺序排列，而排在第一位的肯定是特拉华州。

所以只要一进入特拉华州境内，所看到的当地汽车绝大多数都挂着深蓝底色的车牌，州名印在底下，顶上则是“第一州”（THE FIRST STATE）三个词。

美国人确实很善于策划包装。如果按照他们的逻辑，我们中国是不是也可以打出、叫响联合国“第一国”的响亮品牌？可对于中国人来说，按照我们的思维逻辑、文化传承和民族性格，是永远不会有这种点子、提出这种概念的。

志愿服务的职业化

志愿服务是衡量一个社会文明进步的重要标志。

这次赴美学习考察，他们的志愿服务给我留下了极为深刻、美好的印象。在大都会博物馆，在纽约图书馆，在佩里媒体中心，在巴尔的摩旅游接待中心，我们都感受到了志愿者所提供的热情、周到、细致的服务。特别是他们的志愿服务岗位化、职业化做法，引起了我的极大关注。比如佩里媒体中心接待我们的两位工作人员，都是志愿者，但她们提供志愿服务的方式，是全天候在中心上班。其他几个地方也大都如此，有固定的工作岗位，固定的工作时间，志愿服务人员大都是已经退休的老人。根据2012年的统计数据，在美国，18—24岁的年轻人参与志愿服务的是最少的，而65岁及以上年龄段的人员占比很大。一些服务岗位特别是公共文化

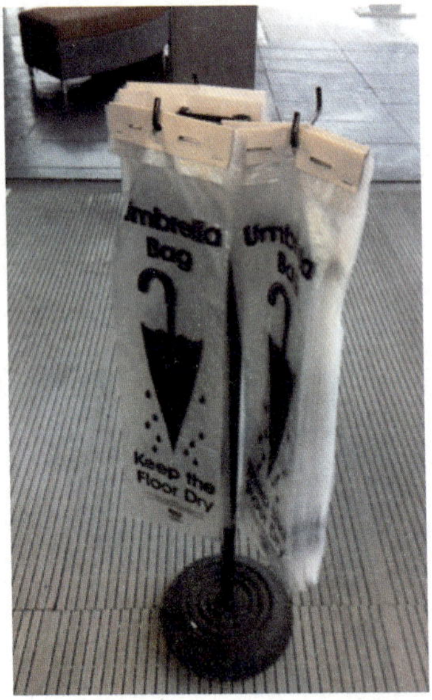

服务岗位的招聘也更倾向于吸纳有社会经验或专业优势的人去服务，而不是稚气未脱或阅历短浅的年轻人。

我在想，岗位化、职业化会不会成为今后志愿服务的一个发展趋势呢？

美国志愿服务还有一个非常重要的特点，就是政府的重视和支持力度越来越大，设有官方的管理机构和服务组织，制定了相关制度和法律。

1961年，肯尼迪总统下令创建了美国联邦政府主办的首个海外志愿服务计划——“和平队”，吸引了大批青年男女到发展中国家从事教育、卫生和发展援助工作。作为“和平队”的“国内版”，约翰逊政府于1964年创立了“服务美国志愿队”，鼓励年轻人向美国贫困社区及群体提供帮助。到尼克松总统执政时期，美国联邦政府在国会支持下成立了统一管理所有联邦志愿服务计划的核心机构——“行动”组织。1993年，克林顿政府成立联邦独立机构即国家与社区服务组织，该机构已发展成为美国联邦政府打造的志愿服务的“航空母舰”。

需要指出的是，美国的“和平队”后来还承担了对他国进行思想文化渗透的职责。

同时，美国联邦政府还通过一系列行政和立法措施，不断完善志愿服务活动的法律保障。1973年，美国国会通过了《国内志愿服务法》，成立了由总统任命的国家志愿服务顾问委员会。随后又相继颁布了《国内志愿服务修正法》《国家和社区服务法案》《志愿者保护法》等，还出台了很多针对志愿者个人物质保障的政策法规。

在资金上也得到政府的大力支持。据有关资料，美国大部分慈善机构，30%的资金来源于政府，50%来自提供的收费服务或产品，来源于捐赠的资金不超过20%。

志愿服务已经成为美国国民的一种生活方式。据有关资料，美国有占56%人口参加过志愿服务，人均每周服务时间达4小时。2002年美国总统布什曾号召美国人每人一生贡献4000小时（或2年）为社区服务。难怪克林顿曾骄傲地说：美国最值得自豪的不是经济，也不是军事，而是社团生活与社区志愿服务。

这些年，国内的志愿服务方兴未艾，发展很快，并实现了“三个转变”，就是志愿服务队伍从以青年为主向全体人员参与转变；志愿服务活动从阶段性为主向常态化转变；志愿服务管理从松散型向规范化、制度化、法制化转变。但也还存在一些带普遍性的问题，最突出的，一是被动性，“被志愿”的情况比较突出；二是盲目性，不是问题导向，“有求才应”，志愿者与服务对象脱节；三是功利性，有的带有明显的个人目的，而不是出于对他人、对社会的无私奉献；四是随意性，活动安排和管理仍处于随意、散漫的状态。

现代志愿服务制度的确立，是为了弥补政府的短板。志愿服务不是轰轰烈烈、装点门面的作秀，不是相互帮忙、免费义务的“劳动力”，更不是邀功请赏的利益交换，而是群众自我奉献、自我教育、自我提高的大规模道德实践活动，是创新社会治理、完善社会服务、提供社会救助、强化社会功能的重要手段和途径。美国因为是“小政府”而特别需要“大社会”，而正是包括志愿服务组织在内的“大社会”作用功能的充分发挥，大大弥补了其“小政府”的缺位和不足。

任何新生事物的健康发展都有一个漫长的不断进步的过程。项目化、专业化、常态化、法制化，应该是志愿服务的发展方向。可以相信，在不久的将来，中国的志愿服务一定会开出最美的花朵、结出最美的果实。

看不懂的美国消费税

这些天在美国购物、消费，有一点很不习惯，就是付费时还得另外交纳消费税。有的商品一看标价原以为不贵，但一加上消费税就感到有点不划算了。特别是餐饮消费，有时觉得难以接受。

这不，听说今天我要来华盛顿，老乡佛全特带着女儿从弗吉尼亚大学赶来看我、请我吃饭。因为搞错了住的地方，耽误了不少时间，吃晚饭时已是7点多了。我们从网上搜到一个车程只要5分钟的中餐馆，到了才发现，其实就是国内那种“一室一厅”，主要以外卖为主。我们点了一个虾仁、一个回锅肉、一个西红柿炒蛋、一个青菜，还有两碗酸辣汤，可能是肚子饿了，心情也好，感觉味道不错。结果算账，一共40多美元，加上小费超过50美元，另外还要交8.85%的消费税。真有点过意不去。

美国的消费税由州税和地方税两部分构成，非常复杂，各地不一，不同的商品也不相同，有的州还实行免税政策。美国的消费税是价外税，所以赴美留学、工作、旅游的国人在出国前做些功课很有必要。

美国各州消费税税率表

州名	州税	当地最高地方税
Alabama（亚拉巴马州）	4%	10%
Alaska（阿拉斯加州）	0%	7%
Arizona（亚利桑那州）	5.6%	10.6%
Arkansas（阿肯色州）	6%	6%

California（加利福尼亚州）	8.25%	10.25%
Colorado（科罗拉多州）	2.9%	0%
Connecticut（康乃狄克州）	6%	6%
Delaware（特拉华州）	0%	0%
Florida（佛罗里达州）	6%	7.5%
Georgia（佐（乔）治亚州）	4%	8%
Hawaii（夏威夷州）	4%	0%
Illinois（伊利诺伊州）	6.25%	11.5%
Indiana（印第安纳州）	7%	9%
Iowa（爱荷华州）	6%	7%
Kansas（堪萨斯州）	5.3%	0%
Kentucky（肯塔基州）	6%	5
Louisiana（路易斯安那州）	4%	9%
Maine（缅因州）	5%	5%
Maryland（马里兰州）	6%	6%
Massachusetts（马萨诸色州）	5%	0%
Michigan（密歇根州）	6%	6%
Minnesota（明尼苏达州）	6.5%	7.5%
Mississippi（密西西比州）	7%	9%
Missouri（密苏里州）	4.225%	0%
Montana（蒙大拿州）	0%	3%
Nebraska（内布拉斯加州）	5.5%	7%
Nevada（内华达州）	6.5%	0%
New Hampshire（新罕布尔什州）	0%	0%
New Jersey（新泽西州）	7%	7%
New Mexico（新墨西哥州）	5%	0%
New York（纽约州）	4%	8.75%
North Carolina（北卡罗来纳州）	6.75%	7.25%
North Dakota（北达科他州）	5%	0%

Ohio（俄亥俄州）	5.5%	7.5%
Oklahoma（俄克拉荷马州）	4.5%	5%
Oregon（俄勒冈州）	0%	0%
Pennsylvania（宾夕法尼亚州）	6%	7%
Puerto Rico（波多黎各州）	5.5%	7%
Rhode Island（罗德岛州）	7%	7%
South Carolina（南卡罗来纳州）	6%	0%
South Dakota（南达科他州）	4%	0%
Tennessee（田纳西州）	7%	9.75%
Texas（得克萨斯州）	6.25%	8.25%
Utah（犹他州）	4.75%	0%
Vermont（佛蒙特）	6%	7%
Virginia（弗吉尼亚州）	4%	5%
Washington（华盛顿州）	6.5%	9.5%
West Virginia（西弗吉尼亚州）	6%	6%
Wisconsin（威斯康辛州）	5%	5.6%
Wyoming（怀俄明州）	4%	7%

前几天魏老师说，纽约的消费税是8.87%，洛杉矶是9.7%，华盛顿是6.6%，所以在华盛顿消费最划算。可他所说的与前面的情况和列表都似乎对应不上，真是云里雾里。

1月19日
星期一
华盛顿

乔治・华盛顿大学的荣耀

从今天开始，我们将在乔治・华盛顿大学开始为期一周的课堂教学和培训。

上午举行了简单的开学仪式。乔治・华盛顿大学公共领导力培训中心副主任Natalie Houghtby Haddon女士发表了热情洋溢的讲话。她介绍说，乔治・华盛顿大学是全美比较有特色有影响的大学，是面向全美、培养全美学生而不像其他一些学校是面向本州的，由于

它的历史渊源，学校与政府、国会关系密切，在学科发展上更侧重于对公共政策、政治等方面的研究，在美国比较有影响，其中最好的专业是国际事务。学校共有10个学院，大部分是硕士课程。

我了解到，乔治·华盛顿大学的毕业生往往选择去政府工作，它培育出的学生在美国乃至全球的政治、外交、法律与商业界具有卓越的贡献，因而和哥大一样，被誉为“政治家的摇篮”。

听着Natalie Houghtby Haddon女士的介绍，能强烈感受到她由衷的骄傲和自豪感。

建立一所全国性的高等学府是美国第一任总统乔治·华盛顿的一个强烈心愿。作为美国的首都，和当时地理上的中部城市，华盛顿认为这座城市是学校的合适所在地。于是华盛顿拿出自己的50股波托马克公司股票用于资助建校。很可惜，波托马克公司在股票兑现之前就倒闭了。

华盛顿的战友们继承了他的遗志，到处奔走为大学计划游说。

他们的努力没有白费，终于说通了当时的总统、和华盛顿同是威廉玛丽学院校友的詹姆斯·门罗和32名国会议员。1821年2月9日，门罗总统亲笔签署国会法案，一所全国性的非教会国立大学在哥伦比亚特区应运而生，取名"哥伦比亚学院"。1873年，更名为"哥伦比亚大学"。1904年，学校最终改名为乔治·华盛顿大学，以纪念乔治·华盛顿对该校创办所做出的巨大贡献。

乔治·华盛顿大学共分三个校区，分别位于华盛顿雾谷、弗农山和弗吉尼亚。我们大部分课程安排在校本部雾谷校区。

对于这所学校的评价，看到网上有个"十大好评"和"十大差评"的帖子，很有意思，从中也可以从一个侧面加深对学校的了解和认识。

"十大好评"是：1.坐落在华盛顿；2.实习机会；3.大学校园的感觉，在城市中心区；4.很棒的设施和宿舍；5.周边有很好的酒吧、俱乐部，还有餐馆；6.大多数宿舍有私人卫生间；7.小的、包容的群体；8.晚上可以去博物馆；9.充足的、多样化的学术社团；10.十分有经验的教授，十分高水平的课堂教学。

"十大差评"是：1.学费高；2.缺少校园精神；3.被惯坏的有钱学生；4.这座城市的生活费太高；5.官僚气息和烦琐的规章制度；6.很慢的4-ride服务；7.强制的大一大二学生的膳食费；8.大学的建议系统；9.没有足球、橄榄球队；10.大型的入门课程。

因原文是英文，以上内容为儿子所译。

其实，美国有好几所“华盛顿大学”，最有名的除乔治·华盛顿大学外，还有西雅图的华盛顿大学（University of Washington）以及圣路易斯的圣路易斯华盛顿大学（Washington University in St. Louis），但它们之间没有任何传承关系，不像国内的上海交大、西安交大与台湾地区的新竹交大同出一门。

美国文化与美国社会

今天给我们授课的是一公关公司负责人Jennifer Brand，讲授的主题是“公共文化和社交网络”。

什么是文化？她认为，文化是一个人群的特质，包括在语言、宗教、饮食、社会习惯、音乐和艺术等方面的特质。具体包含历史、社会地位、社会族群互动模式、价值取向和价值判断、沟通方式、家庭生活、自身健康和养生观念以及个人层面的文化等十二个方面。我们且不去推敲、考究这个概念是否准确、科学，但无疑这种概括和阐述还是颇有新意的，起码给我们提供了一种新的思考路径和方式。

讲课中，她还谈到其他一些颇具启发意义的观点和思考。比如她认为：

——美国是一个大熔炉，之所以说是一个大熔炉，是因为美国有大量的移民，而且是一个没有法定官方语言的国家，正是面貌不同、肤色不同、语言不同的不同人群之间的互动融合，才形成了今天的美国社会；

——一个人的社会地位受教育水平、职业和收入三个因素决定，而几乎所有的调查都表明，一个人的受教育程度与收入成正比，在美国，硕士毕业生被称为“C类型”人才（CEO等）；

——虽然从法律意义上美国没有种族歧视，但实际生活中却是说不清道不明无处不在，比如一个黑人如果西装革履站在你身边你可能不会有特别的感觉，而如果他着装随意就可能对他产生负面的价值评判；

——奥巴马明天将发表国情咨文，提出社区大学（相当于我国的专科教育）免费就读的政策，可能遭到富裕阶层的反对，这并不表明这些富翁是贪婪的，他们可能只是想以自己的方式来回报社会，包括向大学捐赠等，而反对政府以强制手段、以征税方式来推行；

——人与人的交流沟通不仅有语言的，还有非语言的，有时非语言表达更是一种潜移默化的文化习惯；

——纽约是金钱至上、效益至上的城市，而华盛顿则是权力、关系至上的城市，如果有人问你是做什么的，在纽约就意味着别人问你在哪家著名的证券公司或跨国企业工作，赚多少钱，而在华盛顿潜台词是问你是什么官员、是不是议员，和政府部门有什么关系；

——个人文化、个人身份的认同过程是个人与社会、家庭的互动过程，在现代社会，不能引导年轻人追求一夜暴红、一夜暴富；

——虽然社交网络发展很快，但传统媒体仍具有权威性，受众对传统媒体是信任的，对社交媒体比较存疑。

她反复强调很喜欢一句话："我们首先要认识到共同点然后再去欣赏各自的区别。"这不就是我们中国人常说的和而不同、求同存异、美美与共嘛。

在课间休息和提问交流时，了解到她曾于2004年作为交流学生在北京大学就读，后来又获得上海世博会的市场推介业务，平时也对中国比较关注。在她看来，北京大学的办学水准是比较高的；中国的整个经济社会发展水平也是比较高的，并不像其他发展中国家只是景色秀美而已；2008年奥运会的击缶表演让人联想到中国竟然有如此之大

的凝聚力，可以把10多亿人凝聚起来，而美国除了企业的CEO，即使一个总统要办一件事、通过一个法案也是很难的，效率很差；纽约、华盛顿等大城市的人与中国打交道多，认为中国与美国应该是平等的，中国是世界大国，是可以合作的国家，而中西部地区对中国的认识很少，大部分局限于媒体和影视片的宣传，认为中国还是一个落后的农业社会，全国都是农民，只生产大米；一些计算机、医药等专业技术领域的人因为知识产权保护问题对中国的态度不很友好，但他们并不代表美国的大多数。

从老师的介绍中得知，美国负责文化工作的政府部门有两个，一是美国文化部，主要负责向世界推介美国文化和引进各国文化项目；二是美国教育与文化事务管理局，主要负责促进各种文化之间的相互交流和理解。此外，还有一些非营利性机构，如"国际姐妹城市联合会"。大家非常熟悉的"富布赖特基金会"，其背后也有政府背景，由其支持的"富布赖特项目"是战后美国最大的对外教育文化交流项目。它始于1948年，主要资助美国和其他各国的学生和专家学者等出国或到美国学习、访问和研究。几十年来特别是改革开放后，"富布赖特项目"已成为美国对中国进行思想文化渗透的重要途径和方法。

老师告诉我们，这个基金会在华盛顿有一个办公室，如有时间可以跟他们联系。但愿她只是随口客气一说，没有别的意思。

从老师的介绍中，我们充分感受到了美国对文化特别是对外文化工作的高度重视，其机构之多、力量之强、支持之大，都大大超过既往的想象。这对于我们今后加快中华文化走出去步伐，进一步推进中美友好合作无疑具有重要的借鉴意义。

在同老师交流中，还了解到一个意想不到的情况，就是美国人在文化上也存在“崇洋媚外” 现象。美国不仅对外输出文化，同时也在受别国文化的影响，特别是欧洲人的生活方式对美国影响很大。什么时候美国人能以中国文化、中国情调、中国风格、中式生活为追求、时尚呢?

中午在华盛顿大学食堂吃饭，这是来美后感到最难吃的一次，也是最贵的一次。因为事先没在意付费方式，以为还是10美元固定价格的自助餐，其实人家是按重量计价的，结果花了17美元只吃了几块难以下咽的不知道什么肉和几小块水果，真是冤大了。生气归生气，但这种按重量计费的做法确有其可取之处，有利于控制食量、减少浪费。想起前几年在自己生活的城市去一家快餐店吃饭也是采取这种收费方式，当时还觉得挺时髦、挺新鲜。

华盛顿与纽约之对比

一天课程结束后，时间尚早，我们相约去参观美国总统府白宫。说是参观，实际上就是从草坪围栏外远远地看了几眼，拍了几

张照片而已。没来之前看相关图片一直觉得白宫建筑很雄伟、很大气，到了跟前才发现很一般，起码地面建筑给人印象如此。白宫只是现任总统一家人休息、吃饭、接待外宾的地方，是一个生活居所。据说，真正的核心建筑是地面以下的四层。平时大家耳熟能详的椭圆形办公室也不在白宫，而在边上与号称“老办公楼”（候任总统办公之所）相连接的翼楼。围绕着总统府，周边还有不少著名建筑和景点，比如美国红十字会、国家财政部、PNC银行、华盛顿纪念碑、杰弗逊纪念堂等。夕阳西下，冰封的潮汐湖及湖岸上的纪念碑在金黄色阳光的照耀下显得格外柔和、静谧、温暖，着实令人陶醉，流连不舍。

虽然今天是第一次接触华盛顿，但与纽约相比，印象要好得多。纽约似乎更像一座纸醉金迷的城市，在那里你看到感受到的更多是灯红、酒绿、物质、金钱，是不安、躁动、竞争、压力，是诱惑、冒险、投机、犯罪，而华盛顿给人的感觉更多的是安详、整洁、文明、有序，是厚重、大气、威仪、深邃。如果说纽约是一座打拼的城市，那么华盛顿就是一座宜居的城市；如果说纽约是一座享受的城市，那么华盛顿就是一座安心的城市；如果说纽约是一座物质的城市，那么华盛顿就是一座文化的城市；如果说纽约是一座喧嚣的城市，那么华盛顿就是一座思考的城市。

根据授课老师所言，还要加上一条，如果说纽约是金钱至上的城市，那么华盛顿则是权力至上的城市。

之所以说华盛顿是一座生活宜居的城市，一个重要原因，就是这里的物价比较低，特别是与纽约相比非常明显。这从今天的自助餐就可以明显感受到，同样每人10美元的餐标，但菜品的丰盛程度和质量、档次是纽约所无法相比的。即使与国内比，也要好得多、便宜得多。今天一位同伴买了几件GAP衬衫，每件只要14美元，还不到100元人民币。这里有我们中国人的贡献，有我们“中国制造”的功劳。正是大量物美价廉的中国产品，使得美国一般老百姓保持了比较高的生活品质和水平。中美经济如此深度交融，并向生活领域延伸，真是到了你中有我、我中有你、你离不开我、我离不开你的地步。

是房价也比较便宜。据介绍，在华盛顿，两层楼带前后院的别墅一般在60万美元左右，连体别墅价格在30万美元左右，两室一厅的公寓房只需要5万美元左右。只不过在美国，虽然房价很低，但保险门类繁多，须交产权保险、防火保险、防盗保险等等，所以最后负担仍然很重。

中国一直把“居者有其屋”视作政府的施政目标和责任，老百姓也是把建房、置业、娶亲作为最重要的人生大事，所以不管有钱没钱，不管房价多高，建房、购房的热情始终高烧不退。自从上个世纪80年代末实行住宅商品化改革以来，特别是近十年来，由于房价快速增长，多少城市居民为房欢喜为房忧，在住房条件大大改善的同时，也纷纷沦为“房奴”，真不知道这对国人来说是该高兴、庆贺还是无奈、悲哀。

我曾向美国的朋友问过一个问题：纽约与华盛顿的最大区别是什么？他告诉我，纽约的最大特点是一个大杂烩，各色人群都可以在那里融入相应的群体，找到归宿，所以第一代中国移民大都选择在纽约。而华盛顿的人口素质则相对比较高。

我们一般所说的华盛顿（Washington）是指作为首都的名称，是华盛顿哥伦比亚特区（Washington D.C.）的简称。D.C.是“District of Columbia”（哥伦比亚特区）的缩写。华盛顿哥伦比亚特区是1790年作为首都而设置、由美国国会直接管辖的特别行政区，不属于美国的任何一个州。所以在华盛顿，当地百姓并不叫首都为华盛顿，而是Washington D.C.。这不仅因为美国有个华盛顿州，容易搞混，更重要的是我们在翻译时本来就不太准确。如果你在美国问路说怎么去华盛顿，他们一般会反问你：是去D.C.？在美华裔又俗称D.C.为华府。

哥伦比亚特区的土地最初来自马里兰州和弗吉尼亚州。特区建立时，包括波多马克河北岸的乔治城（Georgetown，D.C.）、华盛顿市（Washington City，D.C.）和华盛顿县（Washington County，D.C.）。1878年，三地合并为“华盛顿”，哥伦比亚特区和华盛顿市成为具有双重政治意义且由同一个政府机构管理的同一块土地。哥伦比亚特区建立时，还包括波多马克河南岸的亚历山大县（Alexandria County，D.C.），由于当地居民一直反对脱离弗吉尼亚，于是在经过多次请愿后，美国国会于1846年7月9日通过法案并经弗吉尼亚人民大会批准将这块土地从1847年起归还弗吉尼亚，这块土地就是我们现在居住的酒店所在地。

华盛顿哥伦比亚特区的最高权力机构为美国国会，通过华盛顿市政府实施管理。由于美国的议员指标是以州为单位进行分配的，所以华盛顿市民在众议院仅有一名没有选举权的代表，在参议院没有代表。美国人经常讲所谓的民主、平等，那这也是一个不平等的现象了。

根据美国统计局2010年的数据，华盛顿市区有601，723人，其中黑人占50.7%，白人占38.5%，亚洲人占3.5%。

正因为如此，魏老师用了四句话来形容华盛顿，即面积小、人口少、穷人多、权力大。很形象，也有一定道理。

白宫前的和平抗议者

有一件事很值得一说，就是和平抗议者——美国妇女康塞普赛昂·皮奇奥托，从1981年8月1日起，一直在白宫对面的草坪上宿营，以宣传和平、反对战争。她这一待就是30多年，历经岁月风霜，当年的中年妇女已经成了慈祥的老太太。看着这样一位身材矮小、身躯弯曲、双手已微微发抖的老人，心里肃然生敬。

是什么力量在支撑着她克服生活上的种种困难，在如此简陋的帐篷里度过了30多个春秋？是什么毅力让她始终坚守着人类和平这一伟大的信念而从不动摇？在她局促的帐篷里，有各种文字的宣传资料和宣传口号牌，挂有许多关于战争创伤和把布什画成本·拉登形象的照片。得知我们来自中国，老太太非常高兴，非常热情，从帐篷里拿出写有“世界和平”的中文宣传牌与我们合影留念。《人民日报》曾多次报道过她的事迹，只是以前我未曾注意。

有人说她之所以能在这个地方待上几十年进行抗议而不被驱逐，是美国民主的表现。我觉得不一定。事实上她也曾因为违反有关规定被驱离过。华盛顿警察局规定，不管出于

什么原因，她只要离开帐篷30分钟警察就可以对其进行驱赶。这规定不能说不严苛，一般人是难以做到的，更不用说长期做到。因此，与其说是美国民主允许这种现象的存在，不如说是老人的坚持和坚毅才换来了这一感人的结局。

从更深层次看，我觉得这可能还是美国政府导演的一个“公关秀”“宣传秀”呢。美国政府是世界上最优秀的公关公司，这一现象会不会正是美国为了更好地向世界宣扬其民主、自由、人权而精心策划或者是从最初反对、限制到后来默认、包装的一个鲜活案例呢？与其驱离她，不如让她存在，这才更符合美国的对外形象，更符合美国的最大利益。不是宣传的宣传是最好的宣传，一个看似揭短露丑的康塞普赛昂·皮奇奥托现象带给美国的，可能更多的是正效应而非负能量。化负为正，变被动为主动，这种宣传技巧的把握和运用，可谓到了炉火纯青、出神入化的地步。虽然这只是我个人的一种揣度和假设，但我们却千万不能忽视和低估一些美国政客在这方面的智慧和谋略。

我们经常讲要“坏事变好事”，这可能就是一个经典案例。

1月20日
星期二
华盛顿

美国社交媒体的发展与管理

今天授课、探讨的主题是“社交网络（媒体）发展及管理”。讲课的是乔治·华盛顿大学政策管理学院战略公共关系项目主任、副教授Larry Parnell，他曾有过在政府部门和企业工作的经历。

Larry Parnell教授对“社交媒体”作了一个定义，认为所谓“社交”是指由于人的本身需要与他人联系的行为，这种联系不局限于小圈子，而是面向世界的；所谓“媒体”是指建立联系所使用的工具或

媒介；所谓“社交媒体”就是用来建立联系、信任甚至买卖商品的科技媒介。他指出，这里说的建立联系、保持联系，更多的是指社会层面，而不是技术层面，任何好的技术都是用来实现建立和保持关系，为这个目的服务的。

他介绍了美国几个主要社交媒体的有关情况：

Facebook：用户量在全美社交媒体中占71%，2012年即达12亿，用户平均有130个好友，与80个组织页面链接，有400万个公司的宣传页面。

Facebook女性使用比例比较高，占76%，高于66%的男性比例；45%的用户超过65岁；只选用一个平台的人群中，

84%的人使用Facebook。

Twitter：有6.45亿用户，每天有3亿推文、1.6亿搜索，越来越多的人通过这个平台和新闻记者进行交流，提供信息，表达发布新闻的意愿。

在Twitter发布消息不能超过140个英文字符，远不如中国微博上发布140个中文字符信息内容丰富。Twitter年轻用户多，46%的人每天使用。

Linked in：有3亿活跃用户，300万个公司页面，41%是移动用户。主要受到大学生喜欢，使用的男性高于女性。

Instagram：是一个比较新的平台，主要是个人分享照片的平台，适合移动使用，所以受到年轻人的欢迎，57%的用户每天使用。

Pinterest：主要针对女性用户，以分享食谱为主，用户特点是学历高、收入高。

从2014年在线用户使用社交媒体的百分比来看，Facebook仍然以71%远远超过了Twitter的23%、Instagram的26%、Pinterest的28%和Linked in的28%。

所以在美国，如果想在社交媒体发布信息，首先要了解这个平台，是什么人群在使用这个平台。据皮尤中心去年发布的数据，有74%的美国成年人每天使用社交媒体，42%的成年网民同时使用多个社交媒体。社交媒体已深入美国人的日常工作生活，改变了人们的交流方式、政府管理方式和商业销售方式。

而据麦肯锡公司的调查，中国是全世界使用社交媒体、社交网络最活跃的一个国家，远远超过美国。

社交媒体的即时性、互动性不仅给人们带来了诸多便利，提供了分享平台，也引发了许多突出的问题。比如在网络上传播暴力、色情内容，发表不负责任的言论，谩骂、贬损、欺侮他人等。

为此，美国政府通过立法等手段加强了对社交媒体的管理和控制。比如《儿童在线隐私保护法案》规定，Facebook只限于13岁以上的人使用。

同时，各相关政府机构也纷纷采取措施予以规范：

美国总务管理局（负责联邦政府机构的总务管理）规定：禁止在社交媒体上使用粗俗谩骂语言进行人身攻击，或针对个人群体的冒犯性词语；不得支持任何政党、候选人或团体；不得使用管理局或其他政府资源游说议员；在以非官方身份发表内容时，不得使用或提及自己的正式职位；遵守《行政部门雇员道德准则》。

美国国防部规定：军人使用社交媒体时必须始终遵守《统一军事司法法典》，禁止评论、张贴或链接任何违背法典以及士兵准则的内容，即使不在岗，发表评论长官的负面内容或敏感信息都将依照法典给予惩罚；所有士兵都需记住，一旦登陆社交网络，就代表军人。

老师告诉我们，尽管现在每个人都是记者，都是媒体，但任何政府工作人员都不能在社交媒体发表任何评论。

即使如此，美国社交媒体的管理仍处在探索之中，乱象仍然比比皆是。Larry Parnell教授坦言，美国目前最大的困惑和担忧，就是在管理上的无奈和失序给公民和社会造成了极大不良影响，却又对此无能为力。

社交媒体管理上的困境与无序是一个世界性的难题，我国又何尝不是如此呢。无论从国家法制建设的角度，还是从社交媒体自身管理、网民自律的程度而言，我们要走的路还很长。

目前还有一个非常值得关注的重大趋向，就是美国等西方国家都在利用社交媒体来操控舆论。他们通过组建庞大的网络部队，或通过雇用私人承包商、志愿者和有偿网民，以在帖文下面发表评论、与用户互动的方式，既重点关注积极支持政府立场或意识形态的信息，又对批评政府的社交媒体用户进行攻击和骚扰，同时还通过创建博客帖文、在线视频、虚构性故事、图片、卡通形象等内容来传播官方的政治信息、政治理念。谁说美国和西方国家的社交媒体就不受政府、政治的影响和干扰呢？当今世界，从来就不存在网络上的“净土”和法外之地。其实建立网络部队最早、网战规模最大的就是美国，自2010年成立网络安全部队后，2013年又新增了40支网络部队，其中13支为攻击部队，另外27支主要提供相关技术支持。

博物馆的繁荣及文物捐赠制度

在华盛顿最大的感慨就是它的博物馆之多，文化气息之浓。博物馆一般按内容细分，专业性较强，很少有像国内那种综合类的博物馆，比如国立航空航天博物馆、美国国家艺术博物馆、美国现代艺术博物馆、美国自然历史博物馆、国立新闻博物馆、国立非洲美术馆、国立美洲印第安人博物馆等。据说还有一个私人的玻璃博物馆，真是好创意。而且所有博物馆都是免费（有的有一些收费项目），而不像纽约。这也反映了美国各州政策的不同。在我们国内，爱国主义教育基地、博物馆、文化馆、美术馆等的免费是全国性的，不可能各地不一，是真正带公益性、普惠性的公共文化服务。而美国在现有法律制度下，是无法做到的。

博物馆展出的基本都是实物，而且可以随便拍照（除个别有特殊要求外）。无论是国立航空航天博物馆，还是美国国家艺术博物馆，极少有用复制品来替代的。而国内许多博物馆，往往名不副实，馆内展陈的往往或者主要不是物而是图，应该叫“博图馆”更符合实际，即使有些实物展品也往往不是真品而是复制品。在不少场馆，要看所谓“镇馆之宝”，看真品、珍品，是要有一定级别的官员或特殊人物才有资格的，是一种特权、身份的象征，所以那些宝物往往是常锁库房，“养在深闺人未识”。这也是国内一些博物馆缺乏吸引力、老百姓不感兴趣的重要原因之一。在华盛顿的几个场馆，观众真可谓熙熙攘攘、人头攒动，而国内许多博物馆更多时是门可罗雀、冷冷清清。所以习近平总书记提出要“让收藏在禁宫里的文物、陈列在广阔大地上的遗产、书写在古籍里的文字都活起来”。文物不是深阁密室里的供品，只有存在于人民大众之中，才能为广大百姓所熟悉、所了解、所热爱、所感悟，真正起到目击道存、感化教育的作用。联想到最近南昌西汉海昏侯墓发掘后南昌市民到省博物馆排着长队等候参观的景象，真让人感慨万千。如果我们陈列的仅仅是几张考古挖掘图片，会引起这么多人的强烈关注吗？观众迫切想一睹芳容的，是从未听过、从未见过的2000多年前的金饼、马蹄金，是数量达200多万枚的五铢钱，是迄今为止我国发现最早的孔子画像。至于有人担心所谓藏品展示的安全问题，在现代科技如此发达的情况下，早已不再是问题。前

几年高安市建立了我国唯一的元青花博物馆，展出的元青花瓷器达20件，数量位居全国第一、世界第三，件件都是真品，都是无价之宝。一个县级博物馆尚能做到，市级、省级抑或更高层次的博物馆难道还有什么难题不能克服吗?

最近看到一个材料：过去故宫博物院99%的藏品都存放在库房里，现在的展品已经达到了60%多，并建立了故宫网站、数字故宫，推出了故宫博览APP，支持VR模式、3D观看，观众不仅在手机上可以看到故宫博物院的展览和展品，而且大大强化了参与、互动功能。

观念决定思路，思路决定出路，真是谋事在人，事在人为。

对我来说，引起我兴趣的不仅仅是这里极其丰富、极其珍贵的展品，更重要的是这些场馆都非常重视公众的参与和服务，并把它作为展馆一个非常重要的内容和功能。所以这些在国内看来非常高雅、阳春白雪、少人问津的博物馆、艺术馆，在美国却是平民百姓特别是青少年的好去处。比如在美国国家艺术博物馆，有专门为美术爱好者免费提供的现场临摹画版、凳子，还可以提供志愿服务老师进行辅导；观众如果对某件作品感兴趣想进一步详细了解，可以联系专业的讲解员免费服务，并在每一幅画作下标明了讲解员的代号。

还有，就是他们的文物捐赠制度。在美国国家艺术博物馆，大部分展品都由私人捐赠，在每一幅艺术品下方，除有作者的情况简介外，还特别注明捐赠者是谁，是什么时间捐赠的。这些年，随着国内人们生活水平的提高和民间收藏业的迅速发展，公民个人手中的收藏品越来越多。如何充分发挥好这些私人藏品的社会效益，而不是锁在家中，孤芳自赏，很有必要建立一套激励机制。现在一些地方文化馆、博物馆专为一些捐献者设立展厅、展柜，甚或专门的展馆，起到了很好的示范作用。

鼓励捐赠，必须破除一种老观念，就是占有观念，非得自己拥有、绝对拥有、永久拥有。人生短短几十年，你就是有再多的财富，再多的“宝贝”，又能享用多少、占有多久？想当年封建时代，“普天之下，莫非王土”，世事沧桑，又能怎样？古今将相在何方，荒冢一堆草没了。去年受朋友之邀曾去一个搞收藏的人家里茶叙，他饶有兴趣地带我们参观了他收藏的一件宋代青瓷碗，据说价值上亿人民币，为了安保，他在家里安装了三道防盗门，即使这样仍很不放心，经常担惊受怕。这又何苦呢，捐赠给有条件的博物馆不是更好吗，既可以让更多的人观赏受益，又免却了保护之累、守护之苦。关键是要出台政策，让这些人愿意捐、舍得捐，捐得值、捐得光荣，有名声、有面子。中国人不是很讲面子嘛，那就给足他面子。这于国于民都是好事。

后来才知道，今天参观的许多文化艺术场馆，包括著名的航空航天博物馆、自然历史博物馆、非洲美术馆、美洲印第安人博物馆等等，都是由史密斯森协会（有的宣传折页称为史密森学院）管理的。该协会成立于1846年，是在英国王室后裔、科学家詹姆士·史密斯森捐赠的50万美元遗产基础上创立的。目前下属有19座博物馆、美术馆。这是世界上最大的博物馆系统，有人称它为博物馆群。虽然此公从未到过美国，但是他的遗愿是把遗产捐献给美国，用于知识的扩展和普及。于是美国国会专门成立这个协会以实现他的遗愿，在自然历史博物馆对面有一座红色的城堡式建筑就是该协会的办公所在地。目前史密斯森协会所属博物馆和美术馆的藏品达1.37亿件，日常展出的不到2%。

面向世界的肯尼迪艺术中心

下午参观肯尼迪艺术中心（John F. Kennedy Arts Center），该中心始建于1966年，1971年落成并正式启用。作为国家文化艺术中心，在美国文化界有举足轻重的地位。

在一楼的国家厅和州厅，可以看到各地捐赠的各种艺术品，其

中在国家厅有10年前我国来此举办中国文化节时留下的凤凰图形剪纸。

中心拥有大型的音乐厅——肯尼迪音乐厅，座位达2759个，舞台可容纳200人的乐团，观众席分为三层。整个舞台的装备费用，是由全美600多所小学捐献的。音乐厅拥有一个全世界最大的休息室，长度比两个足球场还长。歌剧厅可容纳2334人，是专为音乐剧、芭蕾舞剧、歌剧而设计的表演场所，规模可与世界上任何歌剧院媲美。此外还有一个可容纳1200人的艾森豪威尔剧院，以及设在顶楼的小型音乐厅。

中心每天都有免费演出。商业演出则面向全世界的文艺团体和个人，先通过视频审查，再发出邀请，中心给予一定经费支持，售票收入对半分成。这是中心的主要收入来源。

此外还有捐赠和大型地下车库收入。

各演出场所均设有总统包厢，供总统和总统夫人使用，如果他们不来，这两个位置一般由白宫掌控调剂，轮流安排白宫、国会、部队官员观看，不对外售票。总统包厢休息室虽然不大，但设施完善。旁边还有一个具有浓郁中国文化特色的休息厅，墙壁上装饰有飞天形象中国画和《兰亭序集》书法。

剧场设有残疾人过道，演出配有助听器、盲文等，除少数情况外，残疾人也需要购票。只有残疾军人可以免费。在美国，时时处处可感受到军人受到的礼遇和尊重。

在从国家厅出来的回廊一侧，还设有一个专门的公益演出厅，每周三、周五晚六点到七点，凡愿意来此演出的团体和个人均可申请，费用自理，观众排队按先后次序入座。我们到达时，刚好有一场黑人歌手的演出，工作人员非常客气地给我们发放了有关资料和光盘。现场观看演出的人不少，气氛热烈。这种方式很值得国内一些政府建设的公益性文化场所学习借鉴，既能为一些有艺术表演才华的人提供一个较好的

展示平台，又能让观众在不花一分钱的情况下欣赏到有较高质量的公益演出，还能不断推出新人新作，一举三得。

中国有许多文艺团体和艺术家曾来此演出，包括宋祖英、郎朗等。据讲解员介绍，中国的京剧、杂技等在美国非常受欢迎。

从一楼州厅坐电梯到二楼，漫步于中心的屋顶露台，可以欣赏到华盛顿迷人的夜景，特别是波托马克河的旖旎风光。

从屋顶一角，可以看到水门大厦。水门大厦地处波托马克河畔，由一家五星级饭店、一座高级办公楼和两座豪华公寓楼组成。大厦正门入口处，有一个人工小型瀑布飞流直下，水花飘舞飞扬，使整个建筑群有了“水门”的美称。因为靠近白宫，许多议员长期在这里租房居住，从而拉升了这里的房价，当然也提升了它的知名度。特别是“水门事件”的发生更使水门大厦声名远播。

有人总结尼克松的教训，尼克松之所以成为美国历史上第一位被弹劾的总统，主要不在于他做错了什么，而在于做错后不仅不承认还公然撒谎。正如后来克林顿的“拉链门事件”一样，问题不在于与莱温斯基有不当关系，而在于公然否认和撒谎。克林顿是幸运的，由于弹劾表决没有达到宪法规定的票数，逃过了一劫。

在屋顶另一角，陪同的小夏指给我看一栋灯火通明的大楼，说那是美国和平署，是反中大本营，虽是民营机构，但每年美国国会均拨款给予支持。我从百度、搜狗等搜索引擎上均未找到这家机构的相关信息。看来还真有点神秘，见不得阳光啊。如果小夏说的是真的，看着整栋楼里的人那么忙碌、挑灯夜战，心里顿觉沉甸甸的。新中国成立以来，美国从来没有停止过对我国的意识形态渗透和颠覆，公然宣称要把希望寄托在我们的第三代第四代身上，只不过那时主要依靠的是“美国之音”等对外媒体，而现在则更多地侧重于直接在我们国内寻找和培养代理人，更多地通过网络手段，奥尔布赖特、希拉里等美国前政要不是毫不隐讳地宣称，有了互联网就找到了对付中国的办法吗？这也是为什么这些年国内冒出那么多所谓“公知”“美分党”的重要原因。

面对这场激烈尖锐、没有硝烟的战争，我们有什么理由不自警、不自醒、不努力?

布什父子与中餐馆

非常感谢朋友的盛情，今天在华盛顿享用了正宗的中餐。中午在汉宫大酒店，晚上在北京饭店。汉宫大酒店以粤菜见长，特别是海鲜的烹饪技术与国内毫无二致，看得出老板与朋友很熟，服务很热情、很周到。北京饭店专营北京烤鸭，生意非常跑火。让我震惊的是，这里竟出现了国内才有的排队等座及“翻台”现象。我们虽有预订，也是等一批客人走后才有了位子。据介绍，这家饭店之所以生意那么好，主要是手艺一流，为了确保口味纯正，其大葱、黄瓜等关键配料都自己种，所以得到了老布什总统的肯定和喜爱。据说老布什经常向朋友介绍，说这家酒店的烤鸭比北京的全聚德还要正宗。后来小布什和他的国务卿鲍威尔也经常去，名气就不断大了起来。美国很多政界、企业界的名人都喜欢在这里宴请宾客。只是不像国内酒店一般都设有雅致的包厢，这里都是厅座。紧挨着我们

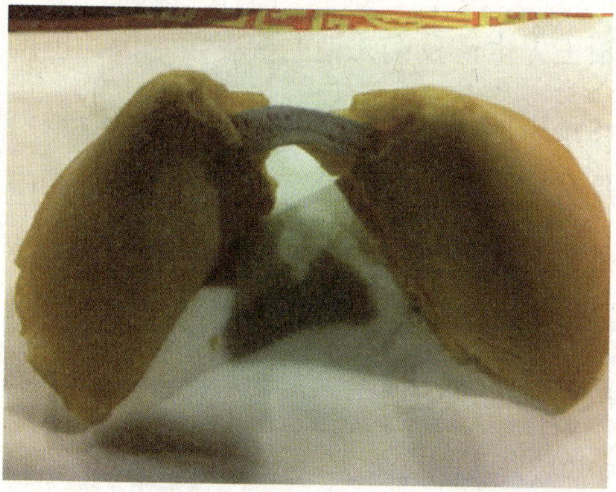

那一桌，是波音公司副总裁在宴请。这要在国内，难免给人留下太随意、不尊重客人的印象。

说到包厢，竟也与一段中国同胞的辛酸历史有关。19世纪末20世纪初，美国在长达30年的时间里发起了一场抵制中餐馆的运动，又称反中餐馆的“战争”。令人欣慰的是，这场运动最终以失败而告终。但也留下了一个历史印记，当时美国公共卫生署以包厢容易成为“皮条客和妓女”的交易场所为名，一纸文书下令取缔，直到今日。真是荒唐至极。

今天用餐给我很大的启示，就是如何在欧美国家做优做精中餐业？原来人们印象中，在国外特别是在发达国家开设的中餐馆都是排档式的，简陋、低端、吵闹、不卫生，往往都开在华人聚居区或唐人街。而今天这两家酒店完全改变了我对中餐馆的印象，他们不仅开在繁华市区，而且都较为高端，环境、菜品、服务均属一流，主要的消费对象不是中国人而是美国当地人。这使我想起数年前去智利访问时，圣地亚哥侨领王先生请我们去他的中餐馆吃饭，也是宾客盈门，且大都为本地人，据他介绍，圣地亚哥市长等政府官员也是常客。我们常说，凡是有中国人的地方就有中餐馆。能不能由国内某个部门牵头，就国外中餐馆建设运营管理制定一个标准、规范，把它打造成一个世界性的餐饮品牌，打造成富有中国特色、中国风格的文化符号，打造成中国的形象展示场所呢？我想这是完全可以做到的，也迟早有一天必然会走到这一步。

就餐过程中的两个细节也引起了我的注意，一是一位在北京饭店用餐的国内朋友当天恰逢生日，饭店老板和全体服务人员用中文为客人唱了三遍生日快乐歌，既营造了喜乐氛围，又彰显了服务特色，还传扬了中华文化。二是在就餐结束后，服务人员会给每位顾客派发一个小点心，里面包裹着一张小纸条，上面一般书写着一句中文吉祥用语，一句美国格言。我今天收到的纸条上写着："You will be showered with good luck."据说这一做法是从上个世纪80年代开始的，后来慢慢流行开来。最早是谁的创意，是谁第一个推出来的，究竟是台湾同胞还是大陆移民的智慧，由于时间久远，已无从考证。前几天在另一家中餐馆吃饭，饭后我的纸条上写的就是："我在想这是谁发明的做法。"真是一个无解之谜。但从此在美国人的心中对中餐馆有了一个新认识、新感受，同时也有了一个新名字，叫"美式中餐"。 这些天几位老师在讲课时都曾提到"美式中餐"的概念。我想，这不就是一种最有效的大众化、生活化的文化和情感交流吗?

这次来美国，才知道一般的住宿宾馆除提供早餐外，是没有中、晚餐服务的。上次在纽约，第一个周六，因为伙伴们都去购物了，我一人在房间写材料，中午想到附近买些食品聊以充饥，可走了半天，连一个商店的影子都没有，只好回来在一楼便利店花7美元买了两盒西红柿牛肉面和牛肉土豆泥，其难吃程度，无法形容。这要在国内，在任何一个地方的任何一个小餐馆，都可以提供一二十种不同口味的菜品以满足顾客价廉物美的需求。

美国有一句俗语："天堂是：美国的工资、俄罗斯的妻子、英国的房子、中国的饮食。"离开了中国美食，天堂的幸福就大打了折扣。

美国人的饮酒与禁酒

关于美国酒文化印象最深的莫过于对未成年人的严格限制。在美期间，我们曾有过两次经历，一次是同伴生日想找个地方庆祝一下，可找了几个地方，都不提供酒水，最后好不容易找到一个小酒吧，可老板要我们每个人必须出示身份证或护照原件以证明我们是成年人，当时刚好有位同伴没带，我们解释了半天，对方始终坚持不让步，最后只好放弃。还有一次是朋友请客，尽管老板与我朋友是老相识，还是非常严肃地提出必须查验身份证，也是因为忘带而作罢。

两次碰壁，虽然心里不是很畅快，但感触很深。在美国，公民的法制意识、规则意识非常强，一旦确定的事情，都会不折不扣地执行，不搞上有政策下有对策，不变通、不迁就，哪怕影响生意、损失利益也坚决照办。当我们离开那家小酒吧时，丝毫没有看到业主脸上有任何惋惜、后悔的表情。如是在国内，店家的话语体系就可能变成了“规定是死的，人是活的”“一个大活人能被这框框给憋死吗？”。

我们中国人，需要更多这种“死脑筋”。

后经查阅资料得知，在1984年以前，美国对于饮酒的年龄限制各州的规定是不同的，《1984年全国最低饮酒年龄法案》（National Minimum Drinking Age Act of 1984）颁布后，

统一为21岁。该法律规定：不满21岁，不准在酒吧、饭店或商店买酒或喝酒（buy or drink alcohol in a bar, restaurant or store）。后来，该法律

做了一些补充修订，增加了一些豁免条款，比如因宗教的原因、医疗的原因等，允许使用酒类。

美国限定喝酒年龄有一个重要目的，是防止未成年人酒后驾车。美国颁布的《禁止未成年饮酒法》规定，21岁以下的驾驶人，其血液中酒精浓度不得超过0.02%，以减少肇事率。目前我国成人的认定标准是，血液中酒精含量大于或等于20mg/100ml、小于80mg/100ml的属于酒驾，大于80mg/100ml的属于醉驾。

其实我国对未成年人饮酒也是有限制性规定的。例如《中华人民共和国未成年人保护法》第十一条规定："父母或者其他监护人应当关注未成年人的生理、心理状况和行为习惯，以健康的思想、良好的品行和适当的方法教育和影响未成年人，引导未成年人进行有益身心健康的活动，预防和制止未成年人吸烟、酗酒、流浪、沉迷网络以及赌博、吸毒、卖淫等行为。"第三十七条规定："禁止向未成年人出售烟酒，经营者应当在显著位置设置不向未成年人出售烟酒的标志；对难以判明是否已成年的，应当要求其出示身份证件。"由于这些规定都不是明确禁止未成年人饮酒，因此，这一规定并没有得到很好遵守，未成年人、中小学生喝酒现象大量存在。在中国，家里来了客人，家长往往还让孩子倒酒敬酒以表示对客人的欢迎和敬意，并不认为这有什么不对。这也许是文化的不同，习俗的不同，情感表达方式的不同，但对未成年人饮酒做出强制性规定显然是有利于孩子的健康成长的。

在美国还发现一个现象，就是美国人（华裔除外）一般不喝白酒，大都喝啤酒、葡萄酒，即使喝烈性酒也是喝我们常说的“洋酒”，比如威士忌、白兰地、朗姆、伏特加、龙舌兰，以及最近几年来流行起来的日本清酒等，并且大都以鸡尾酒的方式饮用。

有朋友说，美国人不喝超过39度的酒，因为苏联科学家门捷列夫认为，酒精度高于40度对人体有害，所以欧美国家酒的最高度数一般限定在39度。

这个说法好像有误。据有关资料，俄罗斯化学家门捷列夫通过实验发现，酒精与水分缔合的最佳比例为 40%（vol）或 51.3%（vol），而伏特加酒的最佳酒精度应为38度。1895年，为了简化征税过程，俄国财政大臣参照门捷列夫的实验结果，将全俄伏特加的标准度数统一为40度。门捷列夫由于贡献了标准配方，所以被誉为“伏特加之父”。

说起伏特加，中国人并不陌生。前几年去俄罗斯访问时买了一瓶品尝，口感很不好。但对于大部分俄罗斯人来说，伏特加已成为他们生活中的必需品。据统计，俄罗斯人平均每人每年要消耗15公斤白酒，其中半数以上是伏特加。俄罗斯作家维克托·叶罗费耶夫把伏特加誉为“俄罗斯的上帝”。他有句名言：“俄罗斯人喝的不是伏特加，喝的是民族的灵魂和精神。”据说卫国战争期间，为提高军队士气，斯大林规定每名士兵每天在前线可以得到100克的伏特加。很多俄罗斯人风趣地说：二战中，苏联之所以能战胜德国纳粹，靠的就是伏特加和喀秋莎火箭炮。

俄罗斯因酒而造成的危害也是很严重的。据俄卫生部门统计，俄罗斯1/3的成年男子、1/7的成年女子酗酒成瘾。全俄每年有3万至4万人因酒精中毒而死亡，15岁到54岁之间的死亡原因，多半与无节制饮酒有关，每年30万起交通事故的原因70%属于酒后驾车，酗酒每年给俄罗斯造成的经济损失高达5000亿卢布。我们当年访问俄罗斯时，主人介绍说，不少俄罗斯男性晚上酗酒后醉卧路边、野外，因天气寒冷而冻死，所以俄罗斯的男女比例严重失调。更严重的是导致了俄罗斯的人口危机。联合国开发计划署的一份报告称，从1993年至今，俄罗斯人口减少了5%，大约700万人。

中国是白酒的发源地，而欧美国家是红酒的故乡，白酒以前很少出口，所以他们了解甚少，加大中国白酒的销售推广力度，正当其时，潜力巨大。当然必须结合当地的口感习惯，尤其要突出中国酒文化的宣传和推介。“喝的不是白酒，而是情感、乡愁”。

美国工薪阶层的收入和财富观

几次聊到美国工薪阶层的收入问题。

据魏老师介绍，美国的中位收入水平，大概为家庭年收入5万美元，这部分家庭约占总家庭数的20%左右；富裕阶层家庭年收入在

9.5万美元左右；华人留学生特别是工科、IT专业的硕士毕业生第一年收入约6万美元，数年后可达10万美元。在美国，家庭年收入低于国家划定的贫困线可享受政府补贴，包括暖气、冷气供应，社区免费教育，子女免费午餐等。

前天佛全请我吃饭时，我问弗吉尼亚州一般工薪阶层的月工资标准是多少？他说一般一两千美元。我很是纳闷，这点收入怎么能养活自己和全家呢？特别是听佛全说，美国看病难、看病贵的问题非常严重，比起中国来有过之而无不及。在美国，如去公立医院，需提前预约，而且预约的时间很长，所以生病了只好去私立医院，而私立医院的收费标准非常高，随便一个感冒，都要一两百美元。这对于只有一两千美元收入的普通百姓来说，无疑是沉重的负担。

后来佛全又给我讲了一个美国“双职工”家庭的情况，家庭主人都是博士毕业，已经工作10多年了，年收入为15万美元。由于美国纳税负担重，税赋一般占总收入的40—50%，这样一扣除，大概剩下八九万美元。因为没有自己的房产，现两人租住了一套一室一厅的房子，月租金2800美元，年开支3.36万美元。再一扣除，实际收入就5万美元左右了。这种收入水平大致相当于我国北京、上海、深圳的白领，至于实际生活水平和质量谁高谁低还真的很难说。

据有关资料，由于房价不断上涨，美国不少中产阶级买不起房子，拥有自有房产的家庭比例只有60%出头，与上世纪60年代的水平相当，而我国这一比例达到80%以上。

美国三立国际公司的吴金堂先生见我对此感兴趣，特地为我搜集了一份调查资料，让我十分感动，特录于下：

美国的富裕标准是什么？在美国，年收入多少可以算作是富人呢？能在福布斯推出的400富豪榜占据一席的人属于超级富豪。而在一般美国人心目中，衡量富人的标准要低得多。据调查，多数美国人认为家庭年收入15万美元以上，或是家庭净资产在100万美元以上的人就是富人阶层了，因为这样的收入属于最高前10%人群。而要进入最高1%的富人行列，那就需要拥有300万美元以上的净资产，或是年收入在30万美元以上。根据统计资料，2014年6月美国家庭的中位收入是5. 3891万美元，这意味着美国一半的家庭年收入在5. 3891美元以下，所以在美国年收入能够进入最高收入10%的行列，在大多数人心目中是富人也就不奇怪了。

美国人对年收入多少才是富人的看法还是有分歧的：有70%的人认为家庭年收入在15万美元以上就算是富人了，其中有15%的人认为富人标准应该是家庭年收入100万美元以上。有12%的人对富人的标准定义更低，认为家庭年收入在6万至9万美元之间就可以称作是富人，有18%的人认为只要达到6万美元，就是富人。因为全美有一半以上的家庭还达不到这种收入水平。

不同家庭年收入的人对成为富人的收入标准也看法不同。家庭年收入5万美元以下的人多认为，只要能达到10万美元，就可把自己看成是富人。家庭年收入5万至7.5万美元的人则认为，年收入达到20万美元才可以称作是富人。而家庭年收入超过7.5万美元的人，对富人的收入标准定位更高，认为要在25万美元以上才可以称作是富人。

在美国人心目中，不论从年收入还是从家庭净资产的指标衡量，富人的标准并不算很高。当然美国人自定义的富人标准比联邦政府按税收标准所概指的富人标准还是更低一些。比如，2014年年收入45万美元以上的双亲家庭要按照39.6%的最高个人所得税边际税率纳税，这些家庭自然属于富有家庭。

美国人的致富梦：普林斯顿调查中心曾做过一项有趣的调查，有超过六成的民众表示这辈子拼死拼活也成不了富人，三成多的民众认为只要努力工作、善于投资或是继承遗产，再加上运气好，中个超级乐透啥的，就有可能成为富人。只有2%的人认为他们现在已经是富人了，比例很低。不过在年轻人当中，对未来成为富人还是信心满满，18岁至29岁的年轻人中有54%的人认为将来可能会成为富有的人。年龄越大，生活阅历愈久，对成为富人的热情下降趋势越明显，因为年龄不饶人。

美国人的致富之路不太靠拼爹，主要靠自己。在如何成为富人的渠道上，20%的人认为做个小买卖、开个小公司，从无到有、从小到大是成为富人的基本途径。而统计资料也显示，美国不靠继承遗产成为富人的人大多数是从做小生意起家的。19%的人认为有高收入的工作，不当老板做打工族也可以成为富人。

美国人致富的动力：拥有充分的物质享受和过一种凌驾于他人之上的特权生活并不是他们想成为富人的主要原因。有41%的美国人之所以想成为富人主要是为了孩子能有一个好的生活环境和美好的未来，有18%的人认为一旦自己富有了可以帮助父母和其他亲人。还有14%的人则很现实，认为成了富人就可以还清所有的债务，无债一身轻。当然也有11%的人将成为富人视为可以更多享受物质生活的基础，可以花天酒地想怎么舒服就怎么活。有9%的人大概是一生太辛苦了，他们想成为富人的目的就是能马上退休，不必再为五斗米折腰。

美国人的金钱观：在不少人眼里，美国似乎是崇拜金钱的国家，似乎美国人爱钱如命，但美国民众的看法却并非如此。在一项调查中，只有13%的成年人表示，成为有钱人是他们人生最重要的事。在美国人心里最有价值的事情中，“拥有更多的金钱”仅排在第七位。排在第一位的是“拥有足够的时间去做自己喜欢做的事”，赞成这一观点的人占67%。在人生最有价值的事当中，美国人比较认同事业上的成功、有孩子、结婚、做义工、为慈善机构捐助和过着有宗教信仰的生活。

美国媒体对美国人看待金钱和财富的调查还显示，虽然有一半的美国人表示多挣钱是个人的目标，但大多数美国人对于成为富人却兴趣平平，没有强烈的愿望。也就是说，有个好的职业，多赚点钱，过着好日子，那就心满意足了。美国人喜欢钱但不爱钱，这“喜欢”和“爱”有很大区别。爱钱的人一生一世都视金钱为知己，是上帝；而喜欢钱的人，只要能达到自己的目标和愿望也就足矣。

在美国什么样的人最看重钱、最期望成为富人呢？根据调查，家庭年收入低于2万美元的人中有22%最期待成为富人，而在年收入10万美元以上的成年人中，有11%最期待成为富人。如此看来，最想成为富人的有两种，一是穷人，穷则思变，越穷的人越期盼能一夜致富，改变自己的命运。二是较富裕的人，进了小康就想奔大康。而富人对拥有财富的感受多少有点饱汉不知饿汉饥的味道，大多数被调查的富人认为财富对他们来说最不重要。

非常感谢吴先生提供的第一手调查资料，它为我们更深入地认识美国、认识美国人，特别是更真实更细致地了解美国人的财富观、人生观、幸福观提供了很有价值的参考。

美国人的家庭和家庭生活

这些天，一直就这个问题向老师咨询讨教。以下是我记录整理的内容片断：

○通常美国传统意义上的家庭是一对夫妻以及两到三个小孩。由于离婚率较高，有高达一半婚姻最终都以离婚告终。所以现在比较多的是复合家庭，就是父母都离异，他们各自都有自己的小孩，然后再婚。

○非常传统的美国基督教家庭是父亲工作，父亲是家庭的权威、“老大”。现在这个局面有了改变，很多家庭父母都在外面工作，而且有的女性的工资比男性还高。

○在家庭教育方面，美国比较尊重个人的意愿。如果一个孩子喜欢数学一个孩子喜欢足球，而父母可能是搞音乐、艺术的，他们一般不会把自己的想法和要求强加给孩子，不会狭窄地规划小孩的未来发展。

○在美国，长辈帮带孩子的情况不多，但也不是完全没有，比如如果双方住得很近，而且父母也有时间的话，也会极尽照顾之责。美国的退休年龄普遍较晚，虽然法律规定60岁可退休，但并不是说60岁必须退休。如果本人不想退休而被辞退的话，可以状告“歧视老人”。所以就出现了一种所谓的“三明治家庭”现象。就是现在六十岁左右的人“上有老下有小”，上有八九十岁的老父母，膝下儿孙满堂。之所以说是“三明治”，是因为三明治一般上面一片面包、中间是肉、下面一片面包，从营养学的角度来说，中间那一部分是比较有营养的，而上面和下面两部分的面包没有多大的价值，这就好比在一个社会里，上面那层面包代表老人，他们已

经不能创造更多的社会财富了，下面那部分代表孩子，他们也没有开始创造社会财富，真正在创造社会财富承担社会责任的是中间这一部分中年人甚至是中年偏老的人。

○近些年，受经济危机的影响，美国很多大学毕业生找不到工作，回去跟父母和家人住在一起，也出现了类似国内的“啃老”现象。不同的是，在国内，父母们对“啃老”的孩子总是怀着极大的爱和耐心；而在美国，老人们却大都表现出无奈和不耐烦。

○美国家庭很传统，很顾家，上完班基本回家，没什么应酬。而不像国内时不时亲朋好友之间要聚一聚。当然也不像国内所想象的那么开放、那么缺乏亲情。这或许与上世纪90年代美国的“回归家庭”运动有关。

正统的基督徒是反对离婚、反对婚外性行为的，他们认为性在婚姻关系中是非常圣洁的，提倡“婚前守贞”。1948年，美国印第安纳大学教授阿尔弗雷德·金赛博士发表了《人类男性性行为》报告，1953年发表了《人类女性性行为》报告，掀开了性解放运动的序幕。据有关资料，1965年至1975年，十年时间欧美离婚率增加了三倍。所谓的性解放，使美国乃至西方付出了惨痛的伦理和社会代价，导致了世界范围内的性堕落与道德沦丧。艾滋病在欧美广泛蔓延，引起极大恐慌。人们开始反思反省，进入上世纪90年代后，美国进入保守时代，民众对于婚姻、家庭的态度开始回归传统，社会风气从“解放”转向“保守”。

闲聊中，大家谈到当年克林顿与莱温斯基的桃色事件。据说莱氏作为证据的裙子已经被炒作到200多万美元了，但仍不准备出手。

下午老师讲课时也讲到一个情况，说很多美国家庭过去是传统的男主外，那时有句话叫“谁穿长裤谁做主”，当时男人外出工作都要穿长裤，而女性在家是穿裙子的。现在越来越多的女性走出家庭参加工作，穿长裤的越来越多，希拉里是第一个穿长裤和总统老公照相的，所以大家开玩笑说，是不是希拉里太强势了造成了克林顿的移情、出轨。

据说现在美国女性在工作方面又出现了一种逆趋势，有的女性结婚有了孩子后，往往选择回家当全职太太或只兼任一份工作。联想到日本、联想到我国近年来越来越多的年轻母亲回归家庭，这会不会是一种新的趋势、新的发展方向呢？

1月21日
星期三
华盛顿

美国的所谓新闻自由与选择性报道

今天授课的是媒体与公共事务学院新闻学副教授Janet Steeie博士，他从理论上、宏观上讲述了美国新闻业的发展情况，这对于了解美国新闻业的性质、特点、问题、困难以及今后的发展趋势很有裨益。

美国所谓的新闻自由观念是与它们的宪法第一修正案相联系的。第一修正案规定：禁止美国国会制定任何法律以确立国教，妨碍宗教信仰自由、剥夺言论自由、侵犯新闻自由与集会自由、干扰或禁止向政府请愿的权利。这一修正案保证了各种资讯和观点得到自由表达的权利。

美国第一修正案来源于欧洲启蒙运动中提出的三个重要思想：第一，每个人都有自己的观点，而且每个人的观点是否正确只是相对而不是绝对的，因此要互相尊重彼此的观点；第二，政府要足够强大和稳定，以承受来自民间的批评；第三，人民是政府的主人而不是政府的仆人。这三个哲学观点构成了第一修正案的三个支柱。

为什么把宗教信仰自由、言论自由、新闻自由与集会自由放在一起？它们之间有什么共同之处？美国人认为这四个方面都是一种思想的表达，都是主观意志的表达，这些表达没有好坏之分，只是表达的方式不同而已。所以对前段时间发生在法国的“《查理周刊》事件”，按照我们的观点显然《查理周刊》是有责任的，是事出有因，但很多美国人却会马上联想到宪法第一修正案，认为这是对新闻自由的一种侵犯。他们认为，漫画也是表达意见观点的一种方式，并不是对宗教的一种侮辱。我想，人们自由地表达自己的思想无疑是应该受到保护的，这是公民的一种神圣权利，但这种表达、这种权利是不是应该有一条底线，有一个准则呢？

美国之所以特别强调宗教信仰自由，是有其历史渊源的。第一批来到美国的移民就是在英国受到天主教会迫害的清教徒。美元上面有一行字，叫“上帝统治下的国度”。据有关数据显示，美国有83%的人认为自己是基督教信徒，但这并不一定表明他们真的信奉上帝信奉耶稣，有的只是偶尔上教堂而已。而且他们的信仰是随时可以改变的。

这使我想起前几天参观圣派切克大教堂时看到的一幕令人尴尬的场面。一位不知是当地人还是外国游客，走进教堂后大声讥骂耶稣，说耶稣说的话都是骗人的、没有用的，令在场的工作人员和信众们无地自容。马克思曾深刻指出，“宗教是人民的鸦片”。尽管20多年前自己大学刚毕业时曾写过一篇论文对这一结论斗胆提出过商榷，但宗教毕竟是宗教，它既不是现实，也代替不了现实，更无法解释、改变现实。仔细想想，难道他说错了吗？

在美国，除了广播、电视的设立需要申报、批准外，任何人兴办纸质媒体都不需要审批。因为广播、电视涉及无线电频率的统筹布局和管理。但广播经营执照一般只颁发给美国人。据说，当年泰坦尼克号之所以沉没，就是因为船上的求救信号受到同频无线电波干扰而导致的。第一次听到这种说法，不知道是否属实。

我们经常看到，美国媒体有时简直是“口无遮拦”“胡说八道”“血口喷人”，这要在国内显然构成了诽谤、诬陷。老师解释说，在美国，媒体对公众人物及一般民众的要求是不同的。对公众人物可以随意发表各种意见，包括不实的攻击性意见，这是公众人物必须付出的代价。所以在美国，一些政客和公众人物，面对各种谩骂、指责，往往是不屑一顾。你说你的，我做我的，有的还要故意去炒作出一些“事件”来。大家都只是看热闹而已。但对一般百姓那是绝对不允许的。如果出现这种情况，会立即被起诉，惹来法律纠纷。

为什么对总统也可以随便指责、批评呢？他们的逻辑是，正因为你是总统，你是官员，所以理应承受批评，这是你工作的一部分，而且你处在一个极为有利的位置，拥有极多优势的资源，如果你不喜欢、不接受这些批评，完全可以利用自己所拥有的资源进行反击。所以如果有媒体说奥巴马的坏话，一般民众也不会太在意。

我们问如果媒体散布不健康的有害信息，甚至宣传极端思想怎么办？回答是，那只有通过法律手段进行约束、惩罚。如果不触及法律问题，那就无能为力了。特别是网上信息的管理，目前处于无序状态，他们称之为“西部的荒原”。

如果媒体发表文章、社论，或发表一些毫无根据的观点、言论、消息，对国与国之间的关系产生了影响，甚至损害了别国的利益，美国政府会出面干涉吗？他们的回答是“不会”，而且类似的事情还发生得很频繁。在美国，政府和媒体产生冲突一般是因为国家安全而发生的，比如维基解密事件，媒体很想把维基解密的内容发表出来，但政府出面阻止，说不能发表，因为这涉及国家安全利益。在这方面，美国是内外有别，两套标准，态度鲜明，毫不含糊。

老师在讲课中谈到，在美国，“新闻都是名人的新闻”，都是上层人物的活动，都是政府官员的身影。一般老百姓要上新闻只有两种情况，要么是犯罪了，要么是出了灾难事故等。当他得知我国媒体始终把镜头、笔头、话筒对准一般百姓，特别是能够正面宣传一般群众的感人事迹、凡人善举，感到非常吃惊、意外，觉得简直不可思议、不可想象，一再表示这太让人佩服了。

传递正能量，弘扬真善美，为时代而颂，为人民而歌，在我们看来，这不正是媒体天经地义的神圣职责和使命吗？而在美国，并不认为媒体应该担负传播正能量的社会责任。不同的社会、不同的性质、不同的宗旨、不同的追求，决定了中外媒体不同的功能、地位和作用。

关于新闻的客观性与事实的关系，老师认为，过去美国媒体比较强调所谓的事实，但这种事实可能是部分的事实，是记者认为的事实，所以造成了很多“选择性报道”和误导。而客观是指把记者个人的价值判断排除在事实之外，所反映的是事实的全貌。美国一些有识之士认为，虽然客观不能完全做到，但应该作为一条原则来坚持，并提出了“把客观性作为战略性美德”的口号。

老师在讲课时一再强调，美国媒体的报道都是客观的、尊重事实的。可当我们质问美国媒体在伊拉克战争报道上的表现时，提出为什么对中国总是以负面报道为主时，他也表示无法解释，认为“这确实是非常尴尬的事情”。

在伊拉克战争问题上，美国人对媒体的不满仅仅在于，为什么所有的新闻一致认为萨达姆有大规模的生化武器，而没有一家媒体敢质疑这一消息是否准确。他们并不认为这可能正是因为政府管控而导致的，而是认为在于媒体没有下足够的功夫去认真调查。这件事的是非曲直本是一目了然的，可为什么美国人就认识不到这一点？我不知道这是美国人的善良还是麻木，不知道是什么使他们失去了辨别是非的能力？

关于美国乃至西方媒体对中国的宣传报道，有学者形象地概括说，他们主要关注的是“一个中心、三个基本点”。“一个中心”即所谓中国的“专制政体”；“三个基本点”即所谓中国的人权问题，西藏、新疆、台港问题，中国发展过程中出现的负面问题比如污染问题、维权问题等等。甚至经常以虚假新闻对中国进行攻击。

所以有人说，美国所谓的新闻自由实际上是“虚假新闻的自由”。

这使我想起几年前在浦东干部学院学习时，曾开设有两节课程，一是《危机时期社会和公众舆情的预警与引导》，由英国皇家国际事务研究所副研究员Bill Durodie主讲；另一节是《危机管理：法国体制和经验》，由法国外交部前外交官、汉学家魏柳南主讲。当讲到媒体的作用时，我问他们，为什么西方媒体包括英法两国的媒体对中国的报道总是以负面新闻为主，这与中国的事实不符，而且在中国，如果媒体报道严重失实是要承担责任、被问责追究的。他们的回答让人啼笑皆非。他们说，你们不要老是怪我们的负面报道多，不要太在意，要努力去习惯和适应，看多了慢慢就觉得正常了。这是什么混账逻辑！难道这还是我们过于计较、不够成熟、不够淡定了？几年前出国赴南美，坐在我身边的是一位在上海工作多年的法国女士，聊天时她告诉我，说在她的家乡，新闻媒体关于中国的报道基本都是负面新闻，这对法国人影响很大。直至来了中国，她才发现原来根本不是那么回事。

我们欢迎建设性的批评和建议，但反对毫无事实根据的谩骂、不怀好意的辱骂、别有用心的责骂。

我们无限感慨，经过多少代人的努力，我们终于解决了中国“挨打”“挨饿”的问题，可什么时候能够彻底解决被动“挨骂”的问题呢？这不仅有赖于国家的发展，而且也有赖于国际传播渠道的建设。切实增强我国新闻舆论的传播力、影响力、引领力，尽快改变国际舆论“西强我弱”、于我不利的局面，是历史赋予我们这一代人的神圣使命。

中国不能仅是经济大国，还应该是“话语权大国”；不仅仅要有钱能办事，还要说话有人听。

美国媒体并不像他们所标榜的那样客观中立，美国的几大主流媒体都有各自的政党背景，都有各自的政治倾向，而且这种态度、倾向还十分顽固、牢固。《纽约时报》《华尔街日报》倾向于美国民主党，而福克斯电视台倾向于共和党，所以该台从来不找民主党人担任电视评论员。

美国媒体之所以无法客观中立，最根本的原因还是普遍存在的“资本控制媒体”现象。报不报道、报道什么、怎么报道，并不是媒体说了算，而是听命于幕后的财团和资本。

美国新闻工作者是自我管理体制，政府虽然对媒体、对记者不进行直接监管，但美国有个新闻工作者协会，对新闻从业人员制定了严格的职业规范、职业操守。如果新闻从业人员不能遵守相关行为准则，将被立即解雇。

受媒体影响，美国民众普遍认为中国在经济上对美国构成了威胁。具体有三：一是认为美国的低端制造业都转移到了中国，是中国人抢走了美国人的饭碗。二是中国持有1.24万亿美元美国国债，是美国第一大债权国，美国人感到很焦虑、很恐惧。三是美国经济在持续走弱，而同时中国经济在强劲增长，于是产生了一种好像中国偷走了美国经济增长的心态，需要找一个假想敌。在美国，媒体与民众之间已经形成了一个相互影响的循环链条关系。真正影响媒体观点的是美国的政治精英，政治精英通过媒介影响公众的观点，公众的观点反作用于媒体，再最终反作用于政治精英。就拿刚才的话题来说，美国媒体如何报道中国？美国很多普通民众对中国的印象都是经济上的一个威胁，这种普遍的观点当然会影响到美国记者选择报道中国的题材，他们更愿意报道中国对美国经济形成威胁的新闻，而这又反过来强化了美国普通民众对中国的不实、不良印象。

正是美国媒体长期、片面、不实的报道，导致和助长了美国人对中国的错误认知和偏见。

这种错误认知和偏见如果一直累积下去，成为一颗随时可引爆的高能炸弹，那将是十分危险的。

现场感受NBA比赛

晚饭后约了几位同伴一起去体育中心观看NBA奇才队与雷霆队的比赛。

票的位置不太好，在最高的第四层422区N排11号，票价39美元。由于位置太高太陡，让人有些眩晕，真担心一不小心滚落下去。因我平时对篮球并不感兴趣，所以今天原本只是想来现场体验感受一下，并没有抱多大目的。但没想到的是，一到现场，那种氛围立即就把你融进了整个比赛之中。

精湛的球艺、狂热的观众，是今生所经历的任何赛事都无法相比的。

当晚，能容纳4万人的体育场入座率在80%以上。为什么有那么大的吸引力？除了众多世界一流球星精彩的比赛之外，国内很多人可能还会想到有“篮球宝贝”的激情表演，其实吸引人的还有其他一些我们之前所不知道的重要环节和内容。美国是一个非常注重仪式感的国家，比赛开始前那种全场自动起立齐唱国歌的场景令人极度震撼、热血沸腾；比赛过程中主持人对比尔·盖茨等到场名人，特别是对本地一位海军陆战队员的庄重介绍，给予了他们极高的礼遇和尊崇。整个比赛还穿插了趣味体育运动，包括高超的跳篮、扣篮表演；还有预想不到、从天而降的纪念品，转播视频与现场观众的互动，现场捐款与直播；特别是那急缓相交、快慢相继、张弛相融的音响效果，让现场的每一位观众都无法自抑，精神振奋，血脉偾张。观众所欣赏到的，不仅仅是一场高水平的比赛，还是一场丰富多彩的演出。所感受的，不仅仅是高超的球技，还有球队所呈现出来的集体意识和拼搏精神。在不在现场，冰火两重天。也是今天才搞明白，为什么美国NBA比赛那么火，收看那么热。国内转播内容之所以比较单调，也许与所支付的转播费用有关吧。

在现场，看到很多观众是一家人来观看比赛，父母带着孩子，从小接受熏陶。篮球教育也要从娃娃抓起，特别是要从培养他们的兴趣爱好做起。兴趣是最好的老师。

让我绝对没有想到的是，现场存在的不和谐音符也是那么强烈地刺激着你的心灵，那持续刺耳的喝倒彩声音，而且是全场一致喝倒彩，甚至大骂“狗屎”等一些污辱性语言，让你无法理解、无法忍受。我们观察，现场观众基本没有为客队加油助威的。据说在美国的职业篮球赛中，主场都是这样。这难道就是美国的文化、美国的文明吗？我们在国内都是强调“友谊第一，比赛第二”，要文明观赛，做文明观众。这次是真的感受到了什么叫主场、什么叫客场，什么叫压力、什么叫竞争，什么叫发泄、什么叫张扬，什么叫喧闹嘈杂、什么叫文明礼貌。

从观赏的角度看，今晚的比赛无疑是极其精彩的，有五次平局、加了三次赛才决出胜负，过程中那种忐忑，那种不安，那种期盼，那种兴奋，只有在现场才能体会、感受到。而在我们身后几个赌球者的心绪更是难以自抑、几近癫狂，一会儿大叫，一会儿大笑，相互之间一直不停地攻击、谩骂着，有几次甚至有大打出手的架势。这显然是与崇高的体育精神格格不入的。

其实篮球并不是最受美国人喜爱的体育运动。美国四大球的排位是：橄榄球、棒球、篮球、冰球。但美国对篮球的包装和宣传却是最成功的，NBA已经成为美国的一个重要文化标识。我国的姚明、王治郅、易建联等都曾是NBA的球员，深受美国人喜爱。有人说，如果中国再出几位NBA球员，其篮球水平将迅速提升到世界前四的位置。对此我不敢妄评，我所知道的是，美国职业球员的素质水平特别是那种精神、作风、拼劲是目前国内的球队、球员所极为缺乏的。

1月22日
星期四
华盛顿

快速发展的美国电子出版业

一早起来，竟然银装素裹，漫天皆白。昨晚下大雪了。期许着城内也是雪花纷飞，一片洁白景致，但出乎意料，城区竟没有下一片雪，真有点大失所望。

今天讲授的课程是出版业的发展特别是电子出版业面临的新情况、新问题、新思考。授课老师是乔治·华盛顿大学职业学院出版学系主任、副教授Arnic Crossblatt博士。看上去应该年岁不小，60岁上下了，但精神矍铄，平易近人，讲课逻辑严密，发人深思。比如近几年虽然纸质出版呈下降趋势，电子出版在迅速上升，但他从数据分析中得出结论：目前美国不仅仅电子出版业而且整个出版业都是增长的。很多人以为，随着网络图书的出现，常规图书会走向消亡，事实并非如此。特别令人欣喜的是读者和阅读量都在逐年增加，所以在美国，出版业是健康良性发展的，他们对出版业的未来保持乐观的态度。受电子出版冲击较大的主要是工具书，其他如商业类、教育类、学术类、专业类、宗教类以及期刊出版都没有受到太大的影响。

现在是否到了出版界的转折点，即已经进入了在任何时间、任何地点可以读任何图书的时代呢？他认为，这一天也许迟早会到来，但目前还没有。他对电子书的定义是：电子书不仅是纸质图书的影印版，而应该有更多的内容和功能，要成为平台，成为实验室，成为工具。未来属于已经认识到电子书不是纸质图书复制品的出版商。他还提出了“自我出版”“打包销售”“分解销售”“定价测试”等概念，而所有这些，早已不再是理论上的探讨，而是已在实践中取得不少进展和成效。

和新闻媒体的电子化相比，美国出版业的电子化步伐显然走得更快、更稳、更有效。

恰恰相反，在国内，新闻业的媒体融合推进得很快，而在出版业方面，由于竞争不够充分，还相对滞后。面对美国出版业发展的新趋势，目前还高枕无忧、过着大好日子的国内出版业，是不是也该及早警醒、及早布局呢？

今天还邀请了吉朴林出版公司市场部负责人Greg Krehbiel给我们授课。他首先讲解了一个概念：“数码碎片化”——由于新技术的开发和运用，所有的事情不是朝着一个方向发展，而是很多事情朝很多方向发展。过去，图书、杂志只能在出版社出版，现在平台很多，技术很多，所以出版社要考虑在很多渠道发展。

他认为现在电子出版业确实发展很快，但也有过度夸张的假象，似乎电子出版业就要一统天下了，其实电子出版业的兴起只是使原来的出版业出现了碎片现象，由过去的单一渠道和市场变成了很多的平台和盈利点。从2002年至2010年，美国电子出版业增速较快，这两年明显放缓，目前约占整个出版市场的23%，而传统的纸质出版约占77%。因此，电子书不会取代纸质书，纸质书仍具有许多独特的优势。调查表明，有70%的消费者认为喜欢纸质书。纸质阅读的魅力特别是文化和情感体验是电子阅读所无法取代的。

讲课中Greg Krehbiel还提供了一个重要信息，各国图书出版业在全世界所占的份额：最大的是美国，其次是中国，39%是除了美、中、德、日、英国之外的其他国家。而且美国还有个很大的市场，就是中文图书英译版，特别是课本、教材类图书很受欢迎。他认为中国的教材尤其是数学教材质量很高。而在美国出版此类书籍只要州政府审核就行了，至于小说等虚构类图书则没有任何限制。

这些天一路走来，深深感到，在美国，中文图书包括以中文介绍中国的图书资料实在太少了。前几次到欧洲、拉美国家出访也有这方面的强烈感受。我们说要向世界讲好中国故事，增强传播力，强化影响力，这是一个非常重要的渠道。现在国内出版社每年都要参加在美国、德国等国家举办的各种图书博览会，效果究竟如何？是不是要更多地结合当地实际，针对读者需求，走本土化的路子呢？

感谢Greg Krehbiel先生赠送了一本他根据自己的实践撰写的关于家庭自制啤酒的工具书《Beginner ´ s Guide to Home Brewing》。他说这是他所写的所有书中销售最好的。课后我问他啤酒是否适合家庭酿制，工艺是否复杂？他说大家都可以做，只要购置一些简易的设备就行，在美国，很多人都自制啤酒。也许有朝一日，我也可以操上这门手艺。

“有限垄断权”：美国的知识产权保护

今天还邀请了美国出版商协会的人员来介绍美、中两国的知识产权保护工作。她曾代表美国出版商多次到中国进行版权保护谈判，遗憾的是她对全国的宏观情况并不了解。幸好下午Arnie Grossblatt老师做了进一步的补充。他提供了两个数据，2013年中国电子图书盗版给美国造成的损失是30亿美元，而2009年中国在所有版权领域产品的盗版行为给美国造成的损失是280亿美元。这些数字是美国国际贸易委员会提供的，其真实性值得怀疑。况且时间已经久远，中国的知识产权保护早已到了一个新阶段。他在讲课时所提供的世界版权保护地图也说明了中国的保护工作是比较好的。

有人说，美国的成功主要是基于知识产权的发明和保护，此话不无道理。美国的知识产权保护有两个内容，一是专利系统，主要是对发明的保护等；二是版权保护，主要是保护书籍、电影、音乐等文化产品。

正如老师所说，知识产权保护在美国实际上是一种“有限的垄断权”，保护时限已延长到版权人身后70年。但问题的关键是该不该保护？保护哪些？究竟应该怎么保护？美国知识产权保护主要考虑四个因素，第一，是否原创；第二，是否存在于一个有形的媒介；第三，必须是人类创造，而非通过人工智能等；第四，是否足够原创，即不能把别人的原创稍作修改就变成自己的原创。所以美国在知识产权保护方面，提出了“公平使用原则”和“共同创新”概念，就是允许在一定条件下使用被保护的知识产权作品。一些公共用途的出版物，其所有权属于所有人。但在互联网时代，美国传统的知识产权保护体系遇到了严重的挑战。1989年美国通过《百年数字知识产权保护法案》，特别是提出不能研究、破解DRM（电子锁）技术，在美国引起了很大争论。

我在想，在某种意义上，“知识产权保护”是不是发达国家强加给世界各国的一种“霸王条款”呢？目前美国知识产权贸易额竟占其国内生产总值的8%。这高额的收益是怎么来的，不就是得益于他们制定的规则吗？我们不会忘记，若干年前我们以79美元单价出口的国产MP3，需要交纳的专利费就达45美元，加上成本32.5美元，最后利润只有1.5美元。32美元一台的DVD，专利费18美元，成本13美元，利润只剩1美元。其他如汽车、电脑、手机等产品，莫不如此。

这是“血淋淋的国外技术剥削”。这种所谓的知识产权保护对广大发展中国家来说，是一条紧紧套在脖子上难以挣脱的绳索。冠冕堂皇的理由下隐藏着的是不可告人的赤裸盘剥。可这就是当今世界的规则，是美国占优势领域所确定的规则。由此想到，一些涉及人类重大疾病治疗的医药产品保护，由于高额的专利保护费，导致许多发展中国家的百姓无法支付昂贵的医疗费用，只能望药兴叹，令人痛心。相对于生命健康、人类发展这一共同的最大利益，所谓的知识产权保护难道不是极其反人道、反人性吗？退一步说，发明人的权益保护，发明创造积极性的鼓励调动，难道只有这一种途径、做法吗？前不久看到一个材料，说中国有最大的白血病人群，可由瑞士诺华公司生产的治疗白血病的产品——格列卫，在中国一盒售价为23000—25000元，许多中国患者都吃不起。而由印度生产的格列卫仿制药一盒只要200元，药效达到99.7%。对这种所谓的知识产权保护，难道不应该大声地说“不”吗？

近些年，我国的研发经费投入越来越大，2013年超过日本成为规模仅次于美国的世界第二大国家，科技创新、科技发明、科技专利越来越多，越来越向研发大国、科技大国、创新大国迈进。特别是在一些高科技领域，已经达到世界领先水平，到时候，我们是不是也可以以其人之道还治其人之身？

知识产权保护，无疑是必要的、重要的，但能否在充分调动创造发明的积极性与促进科技成果的广泛推广和应用之间、在充分保护发明人和投资者权益与增进人类更大福祉之间找到一个平衡点，形成一个国际共识和规则呢？

现在看得越来越清楚，中美之争，美国与世界之争，核心就是规则之争，由谁来制定规则之争。二战之后，美国正是凭借着不平等的经济贸易和金融货币体系而大发其财，攫取着世界各国的血汗和利润。可以肯定的是，美国的衰退也必定是从美国主导的经贸体系和美元霸权的轰塌开始的。而且这种轰塌已经因为亚投行的建立、人民币国际化的推进，特别是从去年开始俄罗斯石油贸易采取人民币结算、石油美元几十年单一垄断地位被打破而呈现出加速的趋势。正因如此，奥巴马才多次公开声称：美国不能让中国书写全球贸易规则。

话语权之争、规则之争，是中美博弈的命门。

美国科学促进会与《科学》杂志

下午课程结束后，拜访了美国科学促进会（AAAS），了解了该会及其所编辑出版的《科学》杂志等有关情况。

接待我们的是《科学进步》杂志主编Susan C.Silver，该刊是美国科学促进会的宣传性刊物。Susan C.Silver曾于1986年至1988年间在上海交大教授英语，汉语很不错。临走时，她特地赠送了一本有她签名的专著《What Editors Want》，我邀请她再来中国走走，她说3月份会去中国演讲本书的内容。很亲切的是，接待我们的还有三位年轻的中国女同胞，她们是《科学进步》杂志的编辑记者。

美国科学促进会（AAAS）成立于1848年，是世界最大的、非营利性、综合性、同行评议的民间科学组织，下设21个专业分会，涉及数学、物理、化学、天文、地理、生物等自然科学和社会科学。美国科学促进会自成立时起，既是一个科学与工程学会的联盟，又是一个吸收个人成员的组织，也是世界上最大的科学普及组织，现有265个分支机构和1000万会员。它主办的年会是世界上规模最大的综合性科学会议。

对于《科学》杂志，国人并不陌生。该刊于1880年由爱迪生投资1万美元创办，也有资料说是由纽约新闻记者约翰·迈克尔斯（John Michaels）创办，但先后得到了托马斯·爱迪生以及亚历山大·格拉汉姆·贝尔的资助。1894年成为美国科学促进会的官方刊物。全年共出51期，周刊，是目前全球发行量最大的综合科学刊物，发行量超过150万份。

虽然《科学》杂志是美国科学促进会的期刊，但发表文章并不需要AAAS的会员资格，且发表论文是免费的。杂志的资金来源共三部分：AAAS的会员费；印刷版和在线版的订阅费；广告费。AAAS会员年费为（美国/世界其他人员）：专业人员197/227美元，博士后154/184美元，学生130/160美元。AAAS对所有缴纳会费的人员开放，《科学》杂志的订阅者也是AAAS的会员。从2002年开始，《科学》杂志的网上在线订户也成为AAAS会员。《科学》杂志每年收到世界各地大量的论文，能够发表的只有不到10%，而所有的研究文章在见刊之前皆须同行评审，以保证其公开、公正和权威。

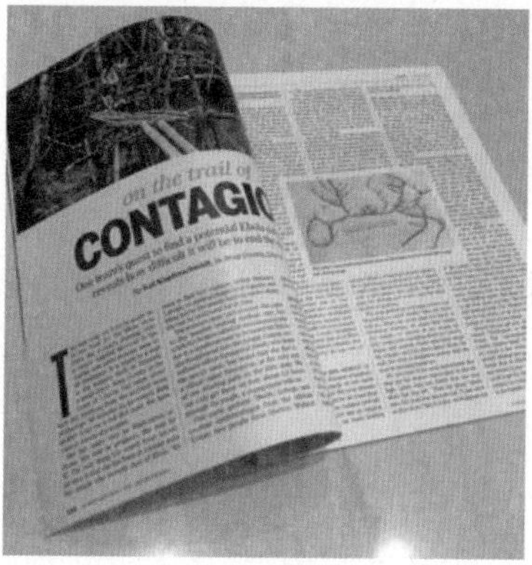

在世界上与《科学》杂志并驾齐驱的还有美国的《细胞》（*cell*）杂志和英国的《自然》（*nature*）杂志，这三家杂志号称世界三大顶级科学杂志（简称

CNS），所发论文代表了世界科学研究的最高成果。因此，CNS论文数目也成为国际大学科研实力排名的最重要依据。

与此相关的，还有大家熟悉的美国《科学引文索引》（简称 SCI），它与EI（工程索引）、ISTP（科技会议录索引）是世界著名的三大科技文献检索系统，其中尤以SCI最为重要。上个世纪80年代末，南京大学最早将SCI引入科研评价体系，开启了中国科研的定量评价时代。

这本来是件好事，但由于近些年有些学校和科研单位过分强调在CNS发表论文或在SCI检索系统中的论文数量，导致了不少论文造假现象的发生，使学术蒙羞、科学受损。遵守学术道德，讲究学术诚信，维护学术权威，似乎是个世界性的话题。

最近有学者反思，我们国内很多著名的科学论文，为什么一定要花那么大工夫，非得用英文在这些刊物上发表呢？为什么不在我国自己的科学刊物发表，更好地服务于国内读者呢？什么时候我国的科学刊物也成为世界级的刊物呢？这种反思显然是有益的。它所涉及的不是简单的在哪儿发表论文的问题，而是如何打造自己的权威学术阵地，提升中国的国际学术影响力的问题，是如何看待中国与外国、以什么为标准进行学术评价的问题，说到底是一个对中国、中文及中国学术界的自信问题。而要解决这一问题，唯一的出路，就是极大地提高中国的科研实力和水平。

据了解，美国科学促进会还主办了一个面向全球的科学新闻网站——EurekALert，目前已开办中文版。

电影《美国狙击手》的反思

晚上观看最新上映大片《美国狙击手》（American Sniper）。

该片根据美国著名狙击手克里斯·凯尔同名自传改编而成。克里斯·凯尔是美军海豹突击队狙击手，服役期间曾被派驻伊拉克10年，他宣称在此期间曾射杀255名敌军，而五角大楼认定的官方数字是160人，为美军确认狙击人数纪录的最高者，被称为“美国历史上最致命的狙击手”。

伊拉克战争早已结束了，据美联社统计，截至2011年12月15日美军正式从伊拉克撤军，伊战十年共造成近4500名美军官兵死亡，超过10万伊拉克人丧生。这部影片展示给我们的是战争给美军带来的战争后遗症，是一种人性的反思。但对伊拉克战争是不是应该从更大的视野、更深的层次去进行分析和思考呢？当年美国发动伊拉克战争，本来就是以莫须有的借口，且未经联合国授权，是一场不合法的、非正义的侵略战争。可我们从影片中只看到了美军所遭受的痛苦和伤害，又有多少人知道或者关注过伊拉克人民所蒙受的巨大灾难呢？有多少人从正面的角度、从反侵略的角度去看待那位曾获射击世界冠军、有一个美丽妻子和美满家庭而被主人公射杀的狙击手，看待那面对侵略者奋不顾身的母子，看待那明知火力远不如美军仍视死如归、冲锋向前，最后一个个倒下的无名抵抗战士呢？

没有美军的侵略，他们都是好父亲、好母亲、好儿子，他们都在自己的土地上幸福地生活着。故事主人公、所谓的“美国英雄”显然是沾满伊拉克人民鲜血的刽子手。

不过，美国自诩为世界警察，为维护其世界利益、世界霸权，手上沾着的血还少吗？

有学者说，美国这个国家经不起研究，越研究越发现是万恶之源。

手中刚好有份资料，可以用来印证一下：

——建国230多年来，美国参与战争和对外军事干预达200多次，没有出现过一位和平总统。

——二战以来，美国侵略了10多个国家，造成了2000多万人死亡，经济损失20万亿美元，掠夺财富数百万亿美元。

——从1945年到1990年，美国对外进行的较大规模战争和军事干预有124次，年均2.8次；从1991年到2003年，美国进行了40多次海外战争或军事干预，年均4次。

——美国在朝鲜战争中，使用了除原子武器以外的所有新式武器，甚至进行了灭绝人性的细菌战。从1961年到1973年，美国在越南进行了12年的战争，当时的法国总统戴高乐称“这是一场肮脏的战争”；美国著名民权活动家马丁·路德·金公开发表声明说：“我国必须被判罪——违背了几乎所有为战时人类尊严标准而确立的国际协议之罪。”

——印度尼西亚的苏哈托依靠1965年美国推动的政变上台之后，在印尼杀害了300万人，大部分受害者是共产主义者、少数族裔、华裔人士、反对派知识分子、无神论者和教师。

——世界著名杂志《柳叶刀》2006年公布的抽样调查报告说，伊拉克战争造成了65.5万伊拉克人死亡，平均每天死亡500人。英国调查机构ORB在2007年公布的抽样调查结果表明，伊拉克战争导致的死亡人数达120万之多。

——美国布朗大学一个研究所的报告显示，截至2011年年中，伊拉克战争和阿富汗战争中有350万伊拉克平民、300万阿富汗平民、100万巴基斯坦平民沦为难民。

难怪有学者说，美国是一个生产、制造战争的国家。

难怪普京大骂："美国是国家恐怖主义的黑老大。"

极具戏剧性的是，克里斯·凯尔在出版自传后的第二年，也就是2013年2月份，在陪同朋友去看望另一位战友时，在射击场被人枪杀。

其实，美国大片对英雄的塑造，不仅仅是要在国内树立一种价值导向，更重要的是要向全世界输出它的价值观。这些年中美贸易谈判最艰难、斗争最激烈的领域并不是制造业、服务业，甚至不是高科技，而是文化领域，是如何坚持文化例外，确保文化安全。现在国与国之间的竞争靠什么？有人说19世纪靠军事实力，20世纪靠经济实力，21世纪靠文化软实力。而价值观就是文化软实力最根本、最核心的内容。英国前首相撒切尔夫人曾对中国说过一句话："一个只能出口电视机而不是思想观念的国家，成不了世界大国。"作为中国人，作为正在迈向民族复兴大业的中国人，我们是不是需要反思、警醒呢？

这次看电影还有两点小感受，一是关于电影的票价，为12.99美元，据说是比较贵的，一般只要八九美元，比国内似乎还要便宜些。二是映前整整20分钟的广告着实让人无法忍受。

1月23日
星期五
华盛顿

电子商务的发展与网络管理的困境

今天的课程内容是电子商务，讲授老师是乔治·华盛顿大学国际事务学院副教授Henry Farrell博士。

电子商务是一个新生事物，直到上世纪90年代末才出现。互联网在上世纪70年代诞生后，开始只供学者、研究人员、美国军方人员使用。到了上世纪90年代中期，美国开始放开互联网的商业使用。当时主要是基于两个考虑，第一，认为互联网会带来巨大的商业潜力， 能产生一系列的盈利点；第二，美国的政策制定者意识到互联网如果在全世界普及的话，美国的商家可以利用电子商务成为世界商务的领袖。在他们看来，互联网是美国发明的，当时所有的软件公司都是美国的，能接触并使用互联网的人基本都在美国接受教育，所以美国具有极大的难以超越的优势。因此，当时的美国副总统戈尔提出要建立一条信息超级高速公路，让信息能够无阻碍地流通。为此美国采取了三个方面的措施，第一是开放互联网的通路，让所有人能够连上互联网；第二是加强基础设施建设；第三是健全法律法规以更好地对互联网和电子商务进行监管。

美国电子商务的经营模式主要分为三大类：第一类是削减中间商环节，比如亚马逊去掉书店这个中间环节，把书直接卖给读者；第二类，电商自己开发很多新的产品，比如SKYPE；第三类，利用电商帮助改造传统的公司和传统的经营模式，使之变得更有效率。

老师在讲解时有几件事引起了我的极大兴趣。

一是因为有宪法第一修正案的原因，面对网络中大量存在的色情、垃圾短信、网络赌博、网络诈骗等问题，美国政府束手无策。比如对于网络色情，他们现在只能限制儿童色情在网上传播，但对成年色情无法管控，可问题是成年色情内容儿童也完全可以接触、浏览，且其影响、危害比儿童色情更大。虽然美国民众普遍认识到了这对未成年人健康成长带来的严重危害，美国政府也试图通过相关法律进行管理，可联邦高级法院无法通过。现在只好授权各网络服务供应商和网站根据自己的标准和判断对色情和垃圾短信进行处理。网络赌博在美国是被限制的，于是许多网络赌博公司把总部设在国外，以逃避国内法律的监管，给美国政府带来极大压力。我想，当一国政府和民众都强烈意识到某件事情的极端重要性却又无能为力时，那说明这种体制、这个社会已经失灵、失序、失效了。美国的宪法条文究竟是积极进步的还是已然落后于时代？如果已经不适应当今国情、世情，难道还需要执着坚持而不加以修改、完善吗？这是不是对宪法的一种盲目崇拜和迷信呢？900多年前，我国伟大改革家王安石就曾提出，“天变不足畏，祖宗不足法，人言不足恤”。而在当今美国，按照老师的说法，“要通过一个法律很难，而要阻止一个法律通过却很容易”。这样的制度、社会难道是正常的、健康的吗？

二是网络隐私保护问题。自斯诺登事件发生后，全世界突然发现美国在对各国包括中国政府、机构及公民个人信息进行收集、监听，其范围和程度远远超乎我们的想象。《环球时报》曾发表一篇社评说，“棱镜门：美国欠全球网民一个解释”。

斯诺登事件引发了关于三个方面的探讨，第一是隐私和个人隐私权利；第二是国际网络安全；第三是互联网监管。美国国家安全局的监听行为是美国政府通过与Google公司的合作来实现的。美国法律要求Google公司必须与美国政府合作，向政府提供所有需要的信息。而且Google公司自身的盈利模式也是靠出售用户的信息给商家以换取广告来实现的。因此，随着世界各国对公民个人信息特别是隐私信息保护的加强，Google公司面临越来越大的发展和竞争压力。现在欧洲已经通过相关法律，以迫使Google公司遵守，但Google公司仍然选择遵守美国法律，而把工作重点放在游说欧洲政府改变法律及管理上。由此我们也就明白Google公司要退出中国市场且必须退出中国市场的背景、原因了。Google公司是美国政府的个人信息提供者，他们高挂在嘴上用以攻击我们的所谓网络自由、人权问题只是一个借口和幌子罢了。

令我非常震惊的是，美国民众普遍反对国家安全机构对本国公民进行信息收集和监听，却支持对别国公民进行监听监视监控。这是一种什么心态？是一种唯我独尊、目无他人的傲慢心态，是一种长期养成的以美国为中心的大国霸权心态！

三是网络间谍活动问题。据说美国有一种说法，就是主张国与国之间可以相互进行政治上的间谍活动，而反对从事军事、经济上的间谍活动。美国政府之所以监控其他国家的军队、大学和商业企业，是因为具有政治意义。事实上，美国针对中国的军事和经济间谍活动难道还少吗？这些年他们在窃取我国的军事和经济金融秘密方面其手段可以说是无所不用其极。

最近看到一个材料，讲的是美国的学术间谍活动。美国中央情报局通过资助各种国际学术会议、论坛等方式，利用主办方官员、学者和工作人员的身份，对各国学者特别是研究前沿、尖端科技的科学家进行利诱、策反和控制。其所作所为也是触目惊心。美国媒体有句话说得很直很透、一针见血："你参加的学术会议，可能间谍比学者还要多。"

网络无国界，管理有主权。

网络经济和网络治理是互联网发展的两大课题。随着网络技术的迅猛发展，互联网将日益成为国与国之间竞争与较量的利器和重要手段，成为发达国家向广大发展中国家实行政治渗透、经济渗透、军事渗透和社会渗透的重要渠道和载体。建立国际网络空间新型关系，创新网络治理，推动网络运用，既是世界各国共同的呼声，也是网络发展的必然要求。

最大华人培训机构：三立国际公司

下午参观了三立国际公司总部。非常巧，公司负责人吴金堂先生是南昌人。他早年曾在丰城市下放，在宜丰县当过工人，后来作为最后一届工农兵学员被推荐到中国邮电大学深造，毕业后在南京邮电部某企业工作，后与夫人一起移居美国。到美国后也曾历经艰辛，在中餐馆打过工，现在终于“功成名就”，闯出了一番天地，拥有了自己的公司，在华盛顿高档别墅区有了自己的豪宅，公司雇佣人员30多人，每年接待国内业务团组在300个以上，成为在美华人最大的专业培训和旅游接待机构。国家领导人江泽民、胡锦涛、温家宝、习近平等赴美访问时，吴先生都曾作为优秀华人代表受到接见。吴先生很细心，给我们每人准备了一张合影照片，特别是根据每个人的出生年

份赠送的美国邮票，很有创意，非常难得。用心、精细，我想这就是一个企业发展壮大的重要原因。

公司很多职员都是中国人。经询问，大多是中国留学生。在美国，参加工作必须有工作签证，叫H-1B，现在大部分学生是一边工作一边申请绿卡。但近些年要取得工作签证也越来越难，须根据名额比例进行抽签。除了STEM专业可以申请OPT延期，参加下一轮抽签外，大部分人只有一次机会。而为了拿到工作签证甚至绿卡，留学生们只有选择不断读书、继续深造，据说这也是在美留学生大都一直读到博士、博士后的一个现实原因。

顺附一份近几年的抽签情况表：

年份	是否抽签	收到申请数	整体抽中率
2008	Yes	163000	62.15%
2009	No	N/A	N/A
2010	No	N/A	N/A
2011	No	N/A	N/A
2012	No	N/A	N/A
2013	Yes	124000	68.55%
2014	Yes	172500	49.28%

看着这表格，深感孩子们真不容易啊！

富有特色的蓝蟹餐厅

蓝蟹（Callinectes sapidus，也叫blue crab），得名于其外壳的蓝色色泽，主要分布在美国东海岸、澳洲的南印度洋、中美洲的太平洋海岸及墨西哥湾。每年的5—10月是蓝蟹的生长旺季，7、8月份是蓝蟹的成熟季节。其中产自马里兰州的蓝蟹最为有名，俗称“马里兰蟹”，它的地位相当于中国的“阳澄湖大闸蟹”。近些年来，随着捕捞量的日益增大，蓝蟹遭遇严重生存危机，当地依靠捕捞蓝蟹而生活的渔民也面临大量失业的窘境。

前几天我们经过马里兰州最大的大西洋港口城市巴尔的摩时，魏老师就说这里最著名的特产是蓝蟹，因个大味美，很多人都慕名而来。可惜我们只是路过，无此口福。

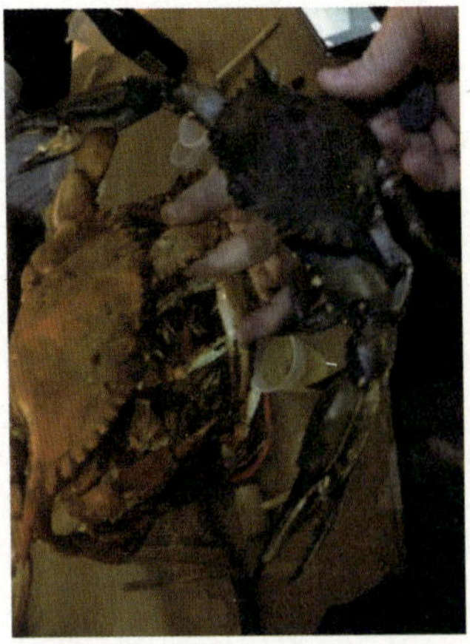

没想到，今天晚上，吴先生很客气，特意到郊外一家螃蟹餐厅“宴请”大家，主打菜品就是美国特产——蓝蟹。吃法和国内的大闸蟹基本一样，只是因为蓝蟹个大腿粗，给每人都发了一个木槌子以作工具。也许是因为整个课程已经结束了，今天一扫过去一周高度的紧张和疲惫，有一种突然释放的感觉。加上在美期间极少喝酒，而今天吴先生特地备了道地的白葡萄酒，同伴们情绪更加兴奋。只是不知道坐在边上的几桌外国人身处此境是何感受，他们是否又强化了对中国人“低素质”“不文明”的印象？

我想，中西餐的区别，不仅仅是形式上的区别，更重要的是文化的不同。西餐的重要标志是分餐，用餐以个人喜好为主，独自寻觅一个安静的场所，独自品尝、享用，所追求和维护的是个人的空间和权益；而中餐的特点是围桌，是共享，吃饭之意不在吃，醉翁之意不在酒，大家围在一起尽情交流，其乐融融，所体现的是群体之间的亲情和友情。不过这些年这两种文化似乎也在慢慢地取长补短、相互靠近，中式西餐、西式中餐日益成为流行；中餐有了公筷，越来越尊重个体的意愿；西式分餐也可以围坐一桌，举樽共饮千杯酒，忘却人间百般愁。

不可不知的美国“小费”

这些天，一直对陪同我们的魏老师、梁师傅、翻译小赵的工资很感兴趣。虽然说在美国打听别人的收入是不礼貌的，但我想作为中国人应该可以理解、接受吧。果然，魏老师很爽快地回答了我的问题。他自己每天200美元加每人3美元小费，司机每天300美元自带车辆（晚上加班双倍收入），翻译小赵每天100美元加每人3美元小费，应该说收入还是比较高的。特别是小费等人力成本收入，所占比重很大。

这些天，我们这帮发展中国家的工薪阶层一直在默默地向世界上最富裕的美国人民奉献着微薄的小费。为此我们每个人都换了不少一美元一张的零钞。在美国，除自助餐外，在餐馆用餐每人必须支付服务生一美元的小费。但在住宿的宾馆吃早餐，小费可以规避。导游告诉我们，如果餐后由服务员收拾杯碟等餐具，是需要支付小费的，如果用的是一次性餐具，清理工作由自己负责，小费就免了。而每天给打扫房间卫生的服务员一美元小费则是不能省的，否则既是失礼，也会被服务员认为是客人对他的服务不满。这要是在中国，反而显得不伦不类、怪怪的，给个一元两元这不是打发叫花子吗？记得上世纪八九十年代国内餐饮店、歌舞厅也短暂流行过一阵给服务员小费的“时尚”，那可不是一元两元给的，一出手就是一百、数百、上千，在歌舞厅点歌竟有高达万元，甚至十几万元

的，这是一种多么病态的炫富、多么畸形的消费。自己也曾干过傻事，一次陪爱人上馆子，为了满足一时的虚荣心，吃完饭竟也从口袋中掏出一张百元大钞给了服务小姐，当时自己一个月的工资也就一百多元，后来很是后悔。好在这种风气也是昙花一现，所谓的“阔绰大方”也已成为笑谈。风俗、习惯还是要植根于民族文化。

因为劳动直接与报酬挂钩（不包括工资），这无疑有利于调动员工的工作积极性，提高服务质量，同时也保证了员工的利益。在美国，最贵的是人工工资，是人工成本，是活劳动。劳动创造财富，提高劳动在整个收入分配中的比重，不仅仅是一个经济问题，还是一个重大的社会问题、政治问题。

1月24日
星期六
华盛顿

独具匠心的纪念场馆和设施

今天全天参观，尽管很累，收获很大。

第一站是海军陆战队纪念公园，标志性建筑是大家非常熟悉的二战时期硫磺岛战役美军升旗纪念碑。

1945年，二战接近尾声，美国想派部队赴日本本土作战给日本以致命打击，但当时美国的飞机续航能力不强，只能单程飞抵日本，所以就想在附近找一个岛屿作为空军中转站，并作为进攻日本本土的一次预演。最后美军选定了硫磺岛，硫磺岛战役由此爆发。战役自1945年2月19日开始一直持续到3月26日，是太平洋战争中最激烈甚至是最惨烈的战斗之一。美军共投入部队7万人，牺牲6821人（纪念碑上注明是7000人），而日本的23388名守岛士兵除了1083人被俘之外，其余全部阵亡，一同赴死的还有他们的家属。正因为这次战役的惨烈，使美国改变了在日本本土登陆的计划，后来改为使用飞机轰炸直至使用原子弹。

现在看到的升旗群雕源自真实的事件。据有关资料，1945年2月23日，美国海军陆战队第5师第28团哈罗德·希勒中尉率领一支小分队，一路血战，终于冲上了硫磺岛制高点——折钵山山顶。他们随即决定升起美国国旗。此时岛上战事正酣，这面星条旗极大地鼓舞了美军的士气。为了让更多的人看到山顶的旗帜，他们决定换一面更大的国旗。于是，指挥员命令779号坦克登陆舰紧急运来。希勒中尉小分队中的6名官兵奋力将这面大旗插上山顶。这一激动人心的场面正好被美联社记者乔·罗森塔尔拍了下来。硫磺岛上的美军将士在这面国旗的鼓舞下，士气大振，浴血奋战，最终取得了硫磺岛战役的胜利。所以在纪念碑边上的说明牌上注明这是第二次升旗仪式。让人痛心的是，第二天，参加升旗的6位士兵中有3位壮烈牺牲。

美国正规军共分四大军种:美国陆军（U.S.Army）、美国海军（U.S.Navy）、美国空军（U.S.Air Force）、美国海军陆战队（U.S.Marine Corps）。另外还有两支预备部队：美国国民警卫队和海岸警卫队。也有的把海岸警卫队与前面的四大军种并称为“五大军种”。

所以有人说美国国防部的五角大楼五个角分别代表五个军种，不知是否属实。五角大楼地上、地下各五层，楼里除国防部机关外，还包括所属参谋长联席会议和陆、海、空军三总部。地上为文职人员，情报、指挥系统在地下。过去游客可以进去参观，“9·11”后，参观活动被取消，并在外围修建了长长的围墙。大楼南北两侧各有一个大型停车场，可同时停放1万辆汽车，三立公司吴总说过去可以在停车场练车，现在也不行了。车子经过时，翻译反复强调不要拍照，语调十分严肃，给人一种极为紧张的气氛。

紧挨着纪念公园的是阿灵顿国家公墓。美国有100多个国家公墓，在波托马克河边的阿灵顿国家公墓是最著名的，始建于1864年，由陆军部管理，并规定只有美国荣誉奖章获得者、为国殉职的现役军人、长期服役的退伍老兵、在联邦政府担任过高级职务的退伍老兵以及他们的遗孤，才能在此安葬。所以，能在阿灵顿国家公墓得到一处长眠之地是每一个美国军人的荣耀。

公墓以阿灵顿山冈为中心，总占地面积约2.48平方公里，一眼望去，到处是一片翠绿的青草，墓园四周则是郁郁葱葱的林木。至20世纪90年代，共有22.5万人长眠于此，平均每周安葬18人。据说过去只要穿过一天军装，死后就可以葬在这里，由于容量所限，现在条件更高、更严了，必须是在执行任务中牺牲或有一定贡献的军人才有资格。美国已故总统肯尼迪也葬于此，他是唯一安葬在这里的总统。

这里原是一片树林，后来成为美国首任总统华盛顿的曾孙女安娜和她丈夫罗伯特·李的住宅和庄园。罗伯特·李就是人们常说的李将军。1861年美国南北战争爆发，原任美军上校的李于4月17日辞去军职，接受南方分裂各州的任命，担任南军高级指挥官，后任南军总司令。李反叛后他的庄园被国家没收。南北战争期间联邦军队的伤亡相当大，国会遂批准将收归国有的阿灵顿庄园辟作国家公墓，实际上在这之前已有不少牺牲的北方将士安葬在这里。不过，据说第一个下葬于此的却是一名南军俘虏。到战争结束时，共有1.6万人葬在庄园中心地区。南北战争结束后，李的长子在得到国家支付的15万美元补偿款后将阿灵顿庄园剩余部分也交给国会，阿灵顿庄园由此成为正式的国家公墓。从1868年起，美国每年都要举行阵亡将士纪念仪式，历任总统都参加，给予军人极高的荣誉。后来将每年5月的最后一个星期一正式确定为阵亡将士纪念日，作为国家节日。

随后参观了朝鲜战争（我们称抗美援朝战争）纪念碑。准确地说，应该是一个小小的纪念园区，其中印象最深的是两部分，一是19个与真人比例相仿的美国军人雕塑群；二是一座黑色的花岗岩纪念墙，墙上赫然醒目地刻着一行大字：“自由总是要付出代价的”。本来是一场失败、屈辱的侵略战争，被它这么一吆喝，似乎还成了无比崇高、值得炫耀的正义之战了。真是讽刺！可从这里也可以看出美国国民思想教育的老到和深谋。

抗美援朝战争名义上是朝鲜与“联合国军”的战争，实际上是中国与美国的较量。美国人一直有一种观点，即他们并没有失败，相反还认为把朝鲜逼回了三八线应该是取得了胜利。其实大家都明白，美国仁川登陆后一度把战线引向中朝边境，最后在中国人民志愿军的强力反攻下才退回到三八线。当时的美国是世界上最强大的国家，而刚刚成立的新中国则百废待举，一穷二白，与美国相比根本不是一个等量级的，但我志愿军硬是凭着保家卫国的爱国主义和

革命英雄主义精神与当时连苏联都不敢碰的美国进行了正面交锋，并取得了胜利。据纪念碑上显示的数字，抗美援朝战争期间，死亡人数：美国54246人，“联合国军”628833 人；被俘人数：美国7140 人，“联合国军”92970人；受伤人数：美国103284人，“联合国军”1061453人。1953年7月28日，“联合国军”司令官克拉克被迫签署《朝鲜停战协定》，“我成了历史上第一位在没有胜利的停战协定上签字的美国陆军司令官。我感到一种失望的痛苦……”因为这场战争，二战期间有着“军神”之称的麦克阿瑟被杜鲁门总统匆匆解职。

据说当年的美军将领对战争结果的解释，一是因为风大而影响了炮弹的精准率；二是因为朝鲜多山地，不利于美军作战。这显然是站不住脚的。

最近看到一篇参加过朝鲜战争的美军士兵的回忆文章，或许能帮助我们找到正确答案。他说，二战时他见识过德国士兵

的不怕死、日本士兵的不怕死，如果说他们的不怕死主要是出于铁的纪律，而中国士兵的不怕死，则是基于信仰。

精神不是万能的，但没有精神却又是万万不能的。

抗美援朝战争是新中国、毛泽东最伟大的决策之一。战争的胜利不仅减轻了美国侵略对我边境的压力，为国家安全争取了战略缓冲地带。而且自此之后，世界上所有大国再也不能不正视中国，再也不能不敬佩中国；自此之后，我们终于可以挺起胸膛豪迈地说：“帝国主义在东方架起几门大炮就可以征服一个国家、一个民族的历史一去不复返了！”

如果说1949年毛泽东宣布中国人民从此站起来了，那还只是精神层面、政治层面的，中国人民真正站立起来，在国际上被人敬重、刮目相看，真正拥有了大国的地位和尊严，是从抗美援朝战争开始的。

现在社会上有人攻击当年中央的决策、否定抗美援朝的历史意义，要么是不顾事实、睁着眼睛说瞎话，要么是别有用心、怀有不可告人的目的。

毛泽东的伟大在于他的思想，在于他的韬略，在于他对人类历史和未来的科学洞察和规律性把握。当年尼克松来华访问时，毛泽东对他说，具体问题你跟周恩来同志谈，我们只谈哲学。这就是大国领袖，这就是历史伟人！

随后参观了越战纪念碑，又称越南战争纪念碑、越战阵亡将士纪念碑、越战墙等。整个纪念碑形如一个打开的V字，许多人以为是表示胜利的意思，其实是指越南国名的第一个英文字母。碑上刻着在战争中牺牲的所有官兵的名字。在纪念碑边上，设有三个顶部镶着透明玻璃的铁箱子，侧面开有一个口子，里面放有详细的阵亡官兵花名册，供大家查看。当我们参观时，发现有很多美国观众，有的可能是死者的家属或后代，怀着肃穆、认真的神情在仔细翻阅名册，据说到目前为止已经翻破了很多个版本了。这一设计和做法，一方面显示了对每一位参战官兵的敬意，另一方面也是对后人进行爱国主义教育可触摸的活教材。

越南战争对美国来说是一场噩梦。实际上也是中国与美国的较量，最终的结果，是

美国彻底失败。越战纪念碑是参战老兵经过多次游行、抗议争取来的。后来国会向全国公开征求设计方案，共征集到1441件作品，最后著名的美籍华裔设计师林璎的作品脱颖而出。林璎祖籍福建省闽侯县，是林徽因的侄女，时为耶鲁大学三年级学生，才21岁。她的作品入选后曾遭到不少人反对。据她本人回忆说："后来才明白过来，他们之所以反对，不仅因为这座纪念碑的作者不是退伍军人，还因为她是一个亚裔。我曾问过一同工作的退伍军人有关那些批评信的情况，的确有人责问过他们，说怎么能让一个亚洲人来设计纪念碑？"亚洲人、黄种人，在美国永远是二等公民。

在一次跟老师交流时，他告诉我，美国人对中国的误解和偏见是不可想象的，他们对华人的歧视是骨子里的歧视。如果一个美国人与一个地道的美国出生的人和一个华人在一起，那他肯定不会理睬华人。这源自于美国人对中国的无知和偏见。有媒体进行过一次调查，100个美国人中有95个说不出中国5个城市的名称，有的还把上海说成是“陕西的上海”。

美国对战争是没有是非观念的，或者说他们判断是非的标准就是是否对国家有利，但对战争中死亡的每一个士兵，却都极尽所能，哪怕耗时数十年也要把遗骸找回安葬。美国有一个鲜为人知的军事机构——美军战俘及战斗失踪人员联合调查指挥部，专门承担寻找在战争中失踪的8.4万名美国军人的任务。指挥部总部设在夏威夷的希卡姆空军基地，人员编制为400人。这项工作是美军“带每个人回家”文化的一部分。目前每年可以确认70名左右失踪人员的身份，照此速度，全部找到3.5万名被五角大楼归类为“潜在可寻获”的失踪人员，需要500年，更别说8.4万人了。但他们认为，这项任务的意义不在于寻找到的数量的多少，而关乎个体的生命价值。所以无论目标多么渺茫，都要最大限度地利用手中的资源，展开更大范围的搜寻。也曾有人带着疑问问他们，“你们永远无法完成这项工作，为什么还要开始？”他们的回答是，“有些事情不一定非要有个结局，重要的是将事情本身作为一个目标，只有这样，这些人的故事才会被人们铭记。”这不仅仅是对一个个个体生命的尊重，更重要的是在全体国人中倡导一种对国家的奉献精神，树立一种强烈的国家荣誉感。美国是一个崇尚英雄、制造英雄的国度。

在我国，很长一个时期以来，军人的地位、待遇也是比较高，很受人们敬重的。记得小时候在家乡农村，那时参军是极其光荣的事情，接兵时胸佩大红花，敲锣打鼓，走10多华里山路，一直从村里欢送到公社，家属个个喜笑颜开，兴奋不已，整个村庄也感到无上荣光。后来读小学，知道了很多解放军的英雄故事，董存瑞、邱少云、黄继光、罗盛教……这些“最可爱的人”的事迹影响了自己的一生。一直到后来对越自卫反击战时，军人的威望和影响又达到了一个前所未有的水平。当时有一个说法，说中国优秀的姑娘六七十年代嫁工人，八十年代嫁军人，九十年代嫁大学生，形成了一种鲜明的社会导向，以致自己长期以来也有一种很深很浓的军人情结。当年大学毕业时，很想弃笔从戎，参加对越“两山”战役，只可惜未能如愿。近些年，社会上一些别有用心的人掀起了一股攻击、污蔑、诋毁英雄的浊流，令人无比愤慨。他们是在挑战一个民族的道德底线，亵渎一个社会的道德良知。正如郁达夫在纪念鲁迅时所说的，“一个没有英雄的民族是不幸的，一个有了英雄却不懂得敬重爱惜的民族是不可救药的。”

欲灭其国必先去其史。虚无历史，丑化领袖，否定英雄，贬损民族，多么熟悉的套路！前苏联不就是这样被西方不战而胜的吗？

我始终认为，对于一个国家、一个民族来说，真正要给予最高礼遇、最高尊崇的是两种人，一是科学家，一是军人。谁能想象，我们的“两弹一星”功勋们为了祖国和民族的利益在一望无际的大漠戈壁隐姓埋名几十年，不讲条件、不计报酬，攻坚克难、默默奉献？谁又能在国家主权、利益、安全受到威胁时义无反顾、血洒疆场，不惜牺牲自己最可宝贵的生命？唯有他们才是中华民族的脊梁，他们才应该是最耀眼的明星和偶像。没有他们，就没有共和国的今天；没有他们，更不会有共和国的明天和未来。中华民族的伟大复兴不是歌舞升平能够换来的，也不是靠“精致利己主义者”所能实现的，更不是那些所谓大V、公知、“第五纵队”们所愿意看到的。

紧挨着越战纪念碑的是林肯纪念堂，里面除了一尊高大洁白的林肯塑像和镶嵌在墙壁上的他的两段著名讲话外，基本没有其他内容。纪念堂门口，是当年马丁·路德·金发表著名演讲《我有一个梦》的地方。不远处就是他的纪念碑。许多人觉得林肯纪念堂的外形与毛主席纪念堂很相似。据说当年中央确定建立毛主席纪念堂后曾派出两个考察团，一路到欧洲，一路到美国，最后确定以林肯纪念堂为参照。当时的考虑也许是有道理的。斯诺曾说毛泽东是“像林肯的人物”。马克思曾高度评价林肯，说：“他是一个不会被困难所吓倒、不会为成功所迷惑的人，他不屈不挠地迈向自己的伟大目标……总之，他是一位达到了伟大境界而仍然保持自己优良品质的极其罕有的人物。这位出类拔萃的道德高尚的人竟是那样谦虚，以至只有在他成为殉难者倒下去之后，全世界才发现他是一位英雄。”

随后来到罗斯福纪念公园，这是一个敞开式的公园，主要以雕塑、建筑的形式展示了罗斯福在上世纪30年代大危机和二战时为美国所做出的历史性贡献。罗斯福是美国唯一一位连续赢得四届选举的总统，可见其当时的声望和受支持的程度。此后美国规定总统连任不得超过两届。在一块石墙上刻有一段他的讲话，大意是：衡量社会进步的标准，不是看它给富人带来了什么，而是看它为穷人提供了什么基本保障。二战时罗斯福的64次炉边谈话成为美国人必听的节目。罗斯福新政挽救了美国，在一定程度上也挽救了资本主义。遗憾的是，他于1945年4月12日还没有任满第四届就去世了，也没能看到他亲自倡议的联合国的正式成立。

据说罗斯福去世后，他的小狗三天三夜不吃，最后饥饿而死。

罗斯福夫人埃莉诺·罗斯福也很优秀，她是美国第一任驻联合国代表，并主导起草了联合国的《世界人权宣言》。哈里·S. 杜鲁门总统在赞扬她的人权成就时称她为“世界第一夫人”。特别是她在处理

罗斯福与他的秘书露西·佩奇·默瑟的感情纠葛问题上充分表现出了女人的宽容、大度和原则，她有一句著名的话:“我可以原谅，但不会忘记。”所以在公园里也为她建了一个雕像，至今仍深受美国人爱戴。

说起罗斯福，大家最常见的是他坐在轮椅上的形象。这使我想起大学时曾读过的一本书《病夫治国》，作者是法国

记者皮埃尔·阿考斯和瑞士医学博士皮埃尔·朗契尼克。这是一本从病理学、心理学角度撰写的名人传记，其中包括罗斯福、丘吉尔、戴高乐、肯尼迪、列宁、斯大林、赫鲁晓夫、勃列日涅夫、希特勒、墨索里尼等著名人物。该书着力探讨疾病与人物个性、国家治理之间的关系。有的身残志坚，身体的残疾，激发了超强的精神动力，创造出了伟大的业绩；有的身患重病，衰疲的身躯，影响了国家的治理和世界的命运；有的生理疾患，导致人性扭曲，性格暴戾，几乎毁灭了世界。

马丁·路德·金纪念碑主体建筑是两座山和一尊马丁·路德·金的雕塑，名为“希望之石”，立意是马丁·路德·金的名言：“我希望，从绝望之山中间劈开一块希望之石。”

整个设计和建造都是由中国人完成的，设计和雕塑家是湖南的雷宜锌，连用材都是来自福建泉州的花岗岩，重达

OF THE MOUNTAIN OF DESPAIR,
A STONE OF HOPE

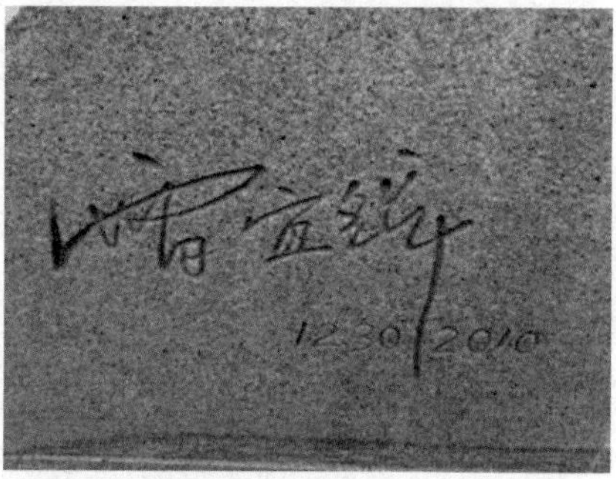

1600吨，是完完全全的“中国制造”。据说当时雷宜锌的方案入选后如林璎一样也遭到反对，理由是中国人不懂黑人的骨骼，不可能完成好，但马丁·路德·金的儿子态度坚决，他说中国人虽然不了解黑人的骨骼，但更能理解马丁·路德·金的理想和抱负。有游客说马丁·路德·金的塑像下半部分像毛泽东，这会不会因为雷宜锌本来就是国内著名的毛泽东塑像的雕刻家？但我第一眼看上去倒觉得有点像青壮年时期的陈独秀。

一路看下来，发现这些纪念设施与国内的相关设施有很大的不同，非常简单，往往就是一个雕塑，加上几块石碑。它们有一个共同的特点，就是非常注重思想观念、价值理念的传播。所有纪念设施最醒目、最重要的内容就是主题宣传口号或主人公著名的讲话、语录，给人以非常深刻的印象。而我们国内有的纪念设施往往追求建筑的宏伟、高大，展陈着密密麻麻的图片、资料，近些年又花费大量资金在声、光、电上下功夫，全然忘记了最核心的应该是思想的传播、精神的弘扬。我们能不能改变一下长期以来一直延续下来的叙事方式、展陈模式？能不能删繁就简，去粗取精，突出本源呢？

印第安人博物馆与印第安人之谜

美国国立印第安人博物馆是世界上最大的美洲印第安人文化艺术品收藏展示场所，于2008年9月21日开馆，共耗资2.19亿美元，其中联邦政府出资1.19亿美元，民间募集的1亿美元中超过三分之一来自各印第安部落的捐赠。

博物馆建筑外墙是由石灰石砌筑的弯曲立面，给人以鲜明的“印第安特色”，馆中的展品也呈现出原汁原味的印第安风情。特别是四楼的雷拉瓦剧场放映厅其内部构造、屏幕设计、播放内容，都颇为独特，别具匠心，令人眼睛为之一亮。

说起印第安人，有一种难以言状的情感。他们曾是美洲大陆的主人，现在却已基本上被那些一直以民主、自由、人权相标榜的美国人的祖先们屠杀殆尽。曾看过一则帖文，讲的是美国首任总统华盛顿活剥印第安女孩人皮的残忍故事，这在当时的美国白人那里竟是一种时尚！关于印第安人的来源，争论很大，过去大致有四种不同的观点：一是“大洋洲起源说”；二是“陷落大陆起源说”；三是“西北欧起源说”；四是“以色列犹太说”。20世纪60年代以来，经过不断考察、研究以及近年来大量的考古发掘，学术界普遍倾向于“亚洲起源说”。“亚洲起源说”认为，美洲印第安人的祖先是亚洲人，蒙古人型的亚洲人在四万年和一万八千年以前通过白令海峡的“陆桥”从阿拉斯加进入了美洲大陆。而随着我国古人类学和考古学的发展，我国学者又在“亚洲起源说”的基础上进一步提出了“华北人起源说”，认为古代印第安人来源于中国华北。

最近又看到一则资料，说牧野之战后，商纣王所属10余万精锐部队后来不知去向，据考证，这10余万部队连同家眷以及奴隶共25万余人，历经九死一生，漂洋过海来到了美洲。无独有偶，美国考古学家也在新墨西哥州、加州和亚利桑那州的多个岩壁上发现了商朝甲骨文。文字镌刻时间比哥伦布发现美洲早了2800多年。

无疑这一研究和争论还将持续，但我们更应该关注和思考的是，印第安人的历史命运以及应从中吸取的教训。美国所应该做的，也绝不应该仅仅是为这些美洲原住民建一个或几个纪念设施。

美国国会大厦的传播功能

美国国会大厦（United States Capitol）是美国国会所在地，位于国会山上，是美国的心脏建筑。国会大厦于1793年由时任总统华盛顿亲自奠基，1800年投入使用，后经过多次焚毁、改建和扩建。美国人把国会大厦称为Capitol，把它看作是民有、民治、民享政权的最高象征。

国会大厦是一幢全长233米的3层建筑，以白色大理石为主料，中央顶楼上建有出镜率极高的3层大圆顶，圆顶之上立有一尊6米高的自由女神青铜雕像。大圆顶两侧的南北翼楼，分别为众议院和参议院办公地。国会大厦东面的大草坪是历届总统举行就职典礼的地方。

“9·11”前，国会大厦向游人免费开放，参众两院举行会议时，有兴趣的公众可前去旁听。现在出于安全考量，这一沿袭多年的传统已做调整。我们去参观时，安保人员都荷枪实弹，安检十分严格。

和在其他地方一样，在国会大厦，他们突出宣传的仍然是美国的著名人物及其治国理政思想，所听所看都是所谓美国的民主、自由、人权。大厦印有中文版的宣传折页，在一间会议大厅循环播放着专题宣传片，除介绍国会的建设历史、建筑布局外，重点介绍了美国国会的组成、功能和三权分立、“特殊权力”等内容。

参观游览中印象最深的，一是在雕像厅展示的24座雕像，这些雕像是由各州选送的本州历史名人雕像的一部分，每州选送两座。二是各办公室、会议室和走廊里的壁画和油画，特别是圆形大厅四壁悬挂着的8幅大油画，分别记载了美国历史上的8个重大事件，而55米高的圆形大厅穹顶上的油画《天堂中的华盛顿》（Apotheosis of Washington）（有的称为《华盛顿升天图》），具有极强的历史凝重感和艺术感染力。画面中心为美国开国总统华盛顿，华盛顿身侧分别为胜利女神和自由女神，画面中的其他13位女神则代表美国最早的13州。

据资料介绍，这幅油画是19世纪意大利画家康士坦丁·布伦米迪所作。可惜布伦米迪只完成了作品的一部分，便从脚手架上摔下来，几个月后就去世了。后来，他的学生按布伦米迪遗留下来的草图把画完成。

圆形大厅自林肯以来一直是为逝世的美国总统、国会议员、军事英雄以及杰出公民举行国葬仪式的地方，有时到访的国家元首和特别来宾的欢迎仪式也放在这里举行。

由此想到我们的人民大会堂，也是对游人开放的，很多年前自己曾买票专门去参观过一次，近些年因为工作关系在里面参加过一些重要会议和活动。我记得那次参观只是让游客按照既定线路快速观看了一下大会堂的内部建筑结构，没有任何陈展内容，没有任何宣传折页和材料，没有人为你讲解这栋建筑的价值和意义，更没有人告诉游客尤其是外国友人，人民大会堂的神圣使命是什么？什么是人民代表大会制度？它在人类政治制度史上有什么创新和优势？不知道这种状况现在是否有了改变。

让我不解的是，美国一些政客老攻击我们对毛泽东搞所谓的个人崇拜，而他们所做的，何止是个人崇拜，而是持续不懈、不遗余力的公然神化。

我并不是要为个人迷信、个人崇拜进行辩护，领袖的作用无疑是巨大的不可替代的，但“人民，只有人民，才是创造历史的动力”。

作为美国最高立法机构的国会，由参议院和众议院组成。国会行使立法权，法案经两院通过后交总统签署；若总统不否决，或虽否决但经两院三分之二议员重新通过，即正式成为法律。

美国的总统选举并不是直选制，并不是有选举权的公民一人一票直接选出总统，而是实行“选举人团”制度，由“选举人”间接投票产生。美国全部“选举人票”共538张，由参议员（100名）、众议员（435名）和华盛顿特区代表（3名）组成。除缅因州、内布拉斯加州外，任何一个总统候选人如果赢得了这个州的多数人投票，就赢得了这个州的所有选举人票，被称为“赢者通吃”。按照“选举人团”制度，候选人在各州赢得的选举人票累计超过538票的一半（270张），即当选总统。由于采用“赢者通吃”的计算方式，那么就可能出现候选人赢了全国按人头计算的普选票，却因选举人票没过半而输了大选的现象。例如2000年大选时，在全国人头票中，民主党候选人戈尔比共和党候选人布什多出50万张，但最后当选总统的却是布什。

直接选举也好，间接选举也好；总统制也好，议会制也好；政党制也好，君主世袭制也好，都是一种政治治理模式，世界上并没有绝对适用的政治制度，只要符合本国国情，有利于发展，得到百姓拥护，就是最好的制度。很长一段时间以来，国内不少人觉得美式选举很热闹、很民主，其实只是一种表象。隐藏其后的是赤裸裸的金钱政治、钱权交易，是资本当权、资本专政。美国有句话："你有钱，不一定能当上总统；但你若没钱，肯定当不上总统。"在国家领导人的产生方式上，世界各国越来越认同中国的选贤任能制。在我国，要成为党和国家领导人，没有长期的工作实践，没有丰富的从政阅历，没有显著的工作业绩，没有几十年的经验积累，是根本不可能的。过去，美国等西方国家老攻击我们，说我们不民主，现在一看，他们所谓的两党制、议会制民主已越来越走向"否决政体"，越来越走入死胡同，而中国模式、中国经验正越来越广泛地影响着整个世界。英国前首相丘吉尔曾说："民主并不是什么好东西，但它是我们迄今为止所能找到的最好的一种制度。"我们完全可以自信、自豪地说，中国模式、中国道路、中式民主为世界各国提供了一种全新的选择。

美国所标榜的民主不仅在国内，就是在国际上也显得那么虚伪。君不见，只要支持、拥护、配合美国，哪怕再专制的政权也可以成为最好的朋友，被装扮树立为民主的样板；如果对它不尊、不敬、不满、不服，那就轻则给你扣上"暴政""专制""无赖""流氓"国家的帽子，重则对你进行打压、封锁甚至直接动用武力、推动政权更迭。所谓民主，只是以美国划线的民主，是以美国利益为衡量标准的民主，是美国可以随心所欲解读的民主。

美国的爱国主义与集体主义教育

过去一直听说美国极为重视爱国主义教育。这次来美，有了真切的感受和体会。

记得入关时，同伴问询结束后，还讲到一件很受触动的事。她说她看到，在每个海关官员的办公桌上都放置着一个醒目的标牌，上面写着几个大字："你的工作代表着美国的形象"。这当然不是简单的职业要求，而是一种充满神圣、庄严感的爱国主义教育。

尤其让我感慨的是，在华盛顿参观各种纪念设施时，随处可见大量的美国学生、青少年的身影，他们或者是学校组织来的，或者是父母陪同来的，或者是自己来的。同样是周末，他们重视的是思想和文化艺术熏陶，而我们的孩子大多忙于沉重的作业和名目繁多的培训班，或者是在周边景区散心、游玩。美、中两国相关场馆的一热一冷、未成年人体验参与的一多一少，究竟会对两国今后的发展产生什么样的深远影响呢？

我至今还感奋于那天观看NBA比赛时全体观众齐唱美国国歌的气势和场面。一个美国公民经常在这种环境中接受熏陶，他的爱国

主义种子不就这样萌芽、成长了吗？有朋友告诉我，在美国，学校开家长会第一个程序就是唱美国国歌。现在国内很多重要会议、重要活动开始时，也不再是奏国歌而是唱国歌了，但听着那弱得几乎无法听见的歌声、看着人们那似乎无法张开的嘴巴，心里真不是滋味。我们要大声地喊出来、大声地唱出来：祖国，我爱你！

美国堪称世界各国爱国主义教育的典范。美国前总统肯尼迪说过一句著名的话：不要问你们的国家为你做了什么，而要问你为你的国家做了什么？我们每一个人是不是也要这样经常问问自己呢？

过去一直以为美国作为资本主义国家，其建立在私有制基础上的价值观念一定都是极端个人主义的，一切以个人为中心，以个人权利为重、以个人追求为上。有朋友告诉我，其实美国人的集体意识、团队意识很强，非常讲团结、讲合作。美国的中学要求学生必须参加各种集体组织和活动，如军乐队、体育运动队等，并且考大学时可以加分。

这一说法在我最近阅读的《改变心理学的40项研究》一书中得到了印证。该书收录了两项著名的研究成果，其中一项是耶鲁大学的斯坦利·米尔格拉姆所做的“服从研究”，研究发现，美国是一个对权威具有强烈服从倾向的民族，即使这种服从有违他们的道德和伦理原则。另一项是伊利诺伊大学哈里·川迪斯所做的个人主义文化与集体主义文化研究，最后得出结论：美国并不纯粹是以个人主义为核心的社会，在他们的文化基因中还有多种多样、多种水平的集体主义，“世界上没有哪个国家比美国拥有更多的不同形式的集体主义和个人主义。”前不久看到日裔美国学者弗郎西斯·福山的一篇文章，也是说“美国有着双重的文化遗产：个人主义与社区主义。美国不是纯粹的个人主义社会”。

这确实颠覆了以前对美国人的认知和印象。

1月25日
星期日
华盛顿

美国超市与中国人的购买力

今天阴天，休息，集体相约去附近购物。

上午去的是一个叫Costco的平价连锁超市，边上还有一家叫Target，据说都是美国著名的连锁商店，与我们国内熟知的沃尔玛、麦德龙齐名，并形成激烈的竞争关系。

Costco（译为：好市多）是全世界销售量最大的连锁会员制仓储批发卖场，其销售网点主要在美国境内，以价格最低和“无理由退货”而赢得广泛市场。走进购物大厅，各种货架排列有序，各式商品陈列其中。主要是三大类，一是电脑、电视、相机、手表等稍微高端一点的电子产品；二是箱包、鞋帽、服装等大众消费品；三是食油、食品等日常生活用品。我观察了一下，发现在生活用品区一般都是美国当地人在购物，在箱包、鞋帽、服装区基本上都是我的伙伴们在购物。所售商品确实比较便宜，一般衣服均在一二十美元左右，这在美国应该属于大路货，后来跟司机聊天他告诉我，当地人很少去买这些商品，甚至送给他都不会要。他的话不一定符合实际，却对我刺激很大，也许我们确实需要对自己的消费行为打几个问号。在销售大厅，售货员也是一脸疑惑地问我：“这些东西都是中国生产的，你们那里不是更便宜吗？为什么要到这里来购买呢？”

回想起那天去联合国参观时的购物经历，也是感慨万千。在联合国门口合影留念后，经魏

老师联系，大家到不远处据说是专为各国外交官提供服务的免税店购物。走进二楼商场，面积虽然不大，商品还是比较丰富，主要是各种世界品牌的女性护理、化妆品，手提包，珠宝，手表，以及男性皮带、领带和各式各样的巧克力。没想到的是，商场里竟然有三位同胞服务员，这一下就解决了最大的语言障碍问题，拉近了彼此的情感。听说这里的商品价格比机场等免税店还优惠5%，大家像喝了兴奋剂一样，掀起了一股购物热潮，多种品牌商品迅即被抢购一空。这应该是商场工作人员难得见到的情形吧。后来我想，或许这个商场本来就主要是面向中国人服务的，所谓特供外交官可能只是一个噱头。

中国制造需要中国品质，大国崛起呼唤大国品牌。提倡国货，塑造品牌，强化民族自尊心自信心，是一个带有全局、长远意义的重大战略，它需要政府的大力支持和推动，同时也需要消费者消费理念的理智和成熟。

去美国超市购物还有个奇怪的规定：如果一个人去购物，想打折，先要花5美元买一个打折卡；如果是团队，就不需要了，还可以赠送一两张打折卡。所以魏老师他们平时一般都是陪团队时去享受购物折扣。

我在商场里面闲逛、观察了一个小时就离开了，到停车场附近一个河岸休闲区休息等待。美国的购物超市都设在郊区，有超大型停车场，美国人一般都是周末开车到这些地方来采购生活用品，并时刻关

注打折信息，选择折扣最多的时候来购物，这和国内喜欢到各种专卖店、大商场以及熟人、朋友开的商店购物的习惯很不一样。国内遍布大街小巷的实体商店有一个优点，就是购物方便，但无疑也大大增加了营销成本、拉升了商品价格。在美国，除了品牌产品会有一家一家的旗舰店、专营店外，其他商品一般都是在仓储超市购买，所以在城市街道、住宅小区很难看到像国内这种无处不在的小商店小食杂店。大力发展仓储式批发销售市场，应该是今后的趋势和方向。

午饭后去位于弗吉尼亚州的奥特莱斯，这已是第二次去奥特莱斯购物了。购物时间从1点到6点，整整5个小时，对于像我这种只问不买、只是了解情况、看看热闹的人来说，简直要崩溃。当然在奥特莱斯购物有一个好处，就是里面设有舒适的休息场所，饿了也可以很方便填饱肚子。经了解，到这些场所来大批量购物的，除了中国人，还有韩国人、印度人。究其原因，可能有几种情况，一是收入低，见比国内便宜，便盲目购买；二是帮亲朋好友代购，以及为同事捎带礼物，这也是东方人注重情感、讲究礼节的表现；第三是出国机会太少，以致一旦出国，便抓住机遇，满载而归。

近些年国内不少地方也开办了奥特莱斯。前几年陪爱人去上海度假，她和朋友一起去奥特莱斯淘了一天，大喊便宜，许多国际著名品牌服装都是四五折大优惠。只是商品可能没有在美国那么齐全、丰富罢了。

说到购物，国人印象最深、最想去的，可能还是第五大道。这里是世界顶级品牌的旗舰店、专营店或总部所在地。前些天在公务之余，也顺道闲逛体验了一把。在每一个奢侈品店，都可以看到专为中国人服务的中文导购员，都可以看到黑头发、黄皮肤的中国人的身影，据说以台湾人居多。在香奈尔品牌销售店，来自上海的导购小姐告诉我们，中国人的购买力确实不错，但这一两年下降幅度很大。看来，国内的反腐也在大洋彼岸的美国产生了蝴蝶效应。

我粗略估算了一下，在美国一趟下来，每个人的平均购物消费应在3万元人民币以上。我不知道现在国内来美的各种团队究竟有多少，据有关资料，去年中国赴美游客达到218.8万人。而据世界银行的数据，2000年—2015年中国海外旅游市场消费价值从131亿美元猛增至2922亿美元；据中国电子商务中心统计，2014年中国海外高端商品或奢侈品代购价值达1549亿元人民币。这无疑是一个庞大的数字。据魏老师说，夏秋季是纽约旅游的黄金季节，由于团组很多，他们公司有时一天要接七八个，连切菜的师傅都要兼做导游和陪同，司机更是难觅。中国人已经成为拉动美国消费的重要力量。难怪美国金融危机之后这几年，大大放宽了对中国人的签证限制。三立国际公司南京办事处的业务经理王先生反复跟我们说，现在美国很希望有更多的中国人去美国，所以一般情况下不会拒签，而过去拒签的情况则很多。

中美发展环境之差异

到美国10余天，从东海岸一路过来，感到上帝对美国真是太眷顾、太偏爱了。

美国东西长4500公里，南北宽2700公里，北与加拿大接壤，南靠墨西哥湾，西临太平洋，东濒大西洋，三面环海，海岸线长达22680公里，太平洋与大西洋成为美国领土安全的天然屏障。极端恶劣的自然灾害少，破坏性的战争更少，美国自南北战争之后本土内就再没有发生过战争。而中国的周边环境无论是自然环境，还是政治环境、安全环境都无法与之相比。

美国自然资源丰富，煤、石油、天然气、铁矿石、钾盐、磷酸盐、硫黄等矿物储量均居世界前列。中国虽然号称地大物博，但按人均拥有量，许多都在世界平均水平之下。

美国本土面积937万平方公里，其中有300万平方公里平原、200万平方公里耕地、100万平方公里草原、205万平方公里森林、200万平方公里高原丘陵山地。而中国960万平方公里陆地面积中，有200万平方公里平原、120万平方公里耕地、300万平方公里草原、200万平方公里森林、200万平方公里左右的高原丘陵和山地。美国的可用耕地面积居世界第一，而2015年的人口只有3.2亿；中国的平原和耕地面积比美国分别少100万平方公里和80万平方公里，而需要养活的人口却是13.7亿，是美国的4倍多。

特别是中国的沙化面积大大多于美国，截至2014年，我国荒漠化土地面积为261.16万平方公里，沙化土地面积达172.12万平方公里，两者相加达433.28万平方公里，约占国土总面积的45%。而美国的沙漠面积只有180万平方公里。我时常在想，目前我国正在组织实施浩大的南水北调工程，分东中西三线往华北与淮海平原和西北地区水资源短缺地区供水。如果有朝一日，这种跨区域供水主要地不再是用于解决这些地区的人口饮水，而主要用于浇灌，抑或有了新的土地改良技术，化沙为福，点沙成金，我国的沙漠地区变成了美丽的绿洲、富庶的城乡，那该多么令人振奋，到那时，“胡焕庸线”就可以大大西移了。

所以在谈论美国的发展、美国的富庶、美国的繁荣时，即使撇开历史文化的原因、英国殖民的原因、对外掠夺的原因，仅从自然条件这一点，也是不能简单地拿来与中国进行类比的。

有人老是说美国的环境好，空气好，天是蓝的，水是清的，我们且不去说美国在工业快速发展时期也曾遭受过严重污染，发生过严重生态事件，只是后来它把一些污染性企业转移到了中国等广大发展中国家，特别是它这种地理位置的优势是一般国家所不能比的，两大洋对美国空气的净化功不可没。

这里特别需要提及的是1846—1848年的美墨战争，美国通过这场战争占领了墨西哥230万平方公里的土地，包括得克萨斯、新墨西哥和加利福尼亚州，从而一跃成为地跨大西洋和太平洋的大国，获得了在美洲的主宰地位。而墨西哥却从此元气大伤，一蹶不振。墨西哥至今还有两个州，一个叫北下加州，一个叫南下加州。当年墨西哥敢于叫板美国，同美国开战，现在却只能仰人鼻息，忍气吞声。这就是历史，这就是现实，这就是战争。

有一句话叫，墨西哥的最大悲哀就是离上帝太远，离美国太近。

这些天在美国强烈感受到，中美最大的差距在农村，而这也是与美国的自然条件密切相关的。美国的地形地貌，有利于基础设施从城市向乡村延伸，缩小城乡之间在硬件环境上的差距。而我国要缩小城乡差距、推进城乡一体化，还要走很长的路。可喜的是，这些年，我们的新农村建设尤其在基础设施建设方面的力度是前所未有的，“城市像欧洲，农村像非洲”的局面有了很大改变。就拿公路来说，从过去的乡乡通、村村通，到现在20户以上自然村通公路，并提出未来几年要实现户户通，推进之快、变化之大在世界上也是极为罕见的。中国发展的难点在农村，重点在农村，潜力和机遇也在农村。10年前，我们很难设想轿车会以如此迅猛之势进入中国家庭，10年后、20年后，我们的农村又将呈现出一种什么样的远景呢？我们完全有理由相信，到那时，农村真的成了人们最为向往的世外桃源，农民则真正成了最令人羡慕的职业和人群。

1月26日
星期一
华盛顿

阿瑟·姆·赛克勒与弗莱尔-赛克勒美术馆

上午参观弗莱尔美术馆和赛克勒美术馆。这也是史密斯森协会下属的美术馆。进馆之前，须先经过史密斯森协会总部大楼，就是前天看见的那幢很有特色的红色欧式建筑。

导游介绍说，弗莱尔美术馆是由弗莱尔捐赠的。据说弗莱尔是一个富翁，当年搭乘泰坦尼克号幸免于难。他还向哈佛大学捐献了图书馆，并向学校提出了两个捐献条件：一是教会所有学生游泳，二是保证学生每天喝上一杯咖啡。他曾长期在中国工作。

可在整理日记时，发现网上查找不到任何有关弗莱尔的有价值的资料。幸好导游提供了有关他曾向哈佛捐赠的线索，我便向自己小学时的启蒙老师、现正在哈佛工作的马小鹤先生求教，让我无比感动的是，马老师第三天就给我发来厚实的有关美术馆和捐赠者的详细资料。对照这些资料，发现导游所说有几个方面的错误。第一，弗莱尔美术馆（又称艺廊）（Freer Gallery of Art）与阿瑟·姆·赛克勒美术馆（又称画廊）（Arthur M. Sackler Gallery）实际上同属于一个馆——史密斯森协会的亚洲艺术和地中海艺术国家博物馆，或者叫弗莱尔-塞克勒美术馆。它们之间不仅在建筑上是相通的，而且在管理、机构、人员上也是统一的，是典型的“两块牌子、一套人马”。该馆主要收藏展示来自地中海、东亚、南亚、东南亚、阿拉伯地区、古近东以及古埃及的艺术作品，捐赠者都是阿瑟·姆·赛克勒先生，可能并不存在所谓的弗莱尔先生。第二，

阿瑟·姆·赛克勒先生的身份并不是富翁或者主要不是富翁而是医学家，并在医学领域取得了显著成就。第三，阿瑟·姆·赛克勒先生并没有向哈佛捐赠图书馆，而是捐建了一个博物馆，并以他的名字命名，叫赛克勒博物馆。至于是不是提出了两个捐赠条件已无从考证。

阿瑟·姆·赛克勒先生确实与中国渊源很深。在他所捐赠的文物中，有许多是中国的珍贵文物，比如青铜器、玉器、书画等，还有元青花，元四家黄公望、王蒙、倪瓒、吴镇的作品。不知道这些文物是怎么流出国门的，看后百感交集。阿瑟·姆·赛克勒先生后来对中国的文博工作给予了极大支持，这是需要我们记住和感恩的。

为了保证有关资料的原始性、完整性、准确性、权威性，同时也是为了铭记恩师一直以来对我的关爱、培育之情，特将马小鹤先生发来的有关材料恭摘如下：

阿瑟·姆·赛克勒

开放分类：人物 慈善家 科学家

阿瑟·姆·赛克勒　美国最负盛名的艺术品收藏家，也是一位受人尊敬的科学家、慈善家。他的收藏兴趣从中国到印度、中东以及南美。他不但收集中世纪的艺术品，而且钟情于现代艺术。收藏界称他为“当代的美第奇”，而美第奇是意大利佛罗伦萨的一个著名家族，以收藏文艺复兴时期的艺术品而著称，富可敌国。上世纪90年代中期，赛克勒博士收藏有中国青铜器、玉器、瓷器、家具、佛像、竹木雕刻品等，并交由纽约克里斯蒂拍卖，总计188件，成交总额558万美元，超底价一倍。

人物简介

阿瑟·姆·赛克勒博士（Dr. Arthur M. Sackler）于1913年8月23日出生于美国纽约的布鲁克林。他在纽约长大，学业主要涉及艺术、科学和人文科学。1933年，阿瑟·姆·赛克勒在纽约大学获文学学士学位。1937年，获得医学学位。毕业后一直从事精神病学的临床和科研工作，一生发表有关精神病、代谢及营养学论文150余篇。他在1950年37岁时就被推选为国际研究委员会主席，同年被任命为《临床及实验精神病理》杂志主编。1938年他在纽约建立治疗研究实验室，从事基础研究。

人物经历

在50年代后期，他对精神病的代谢兴趣扩展到饮食以及营养因素在疾病病因和治疗中的作用。尽管当时学术界大多数人对鲍林（Linus Pauling）（两次诺贝尔奖获得者）提出的维生素具有免疫调节作用并有可能在防治癌症等重要疾病中起重要作用持怀疑态度，赛克勒博士却率先支持鲍林。到上世纪80年代，鲍林的这些论点已进入医学研究领域的主流。

1960年起，赛克勒开始创办医学论坛报，并将其推广到20个国家，这是同类出版物中的第一份。今天，这份报纸已用七种文字发行，拥有超过100万的读者。阿瑟·姆·赛克勒博士还是《科学美国人》的董事会成员。为了促进医学和基础科学的发展，赛克勒博士建立和捐助了许多科学机构。1972年在以色列特拉维夫大学建立了赛克勒医学院，1980年在美国纽约大学建成了赛克勒生物医学科学研究所，1985年在美国克拉克大学成立了赛克勒科学中心，1986年于美国塔夫茨大学建立了赛克勒卫生信息交流中心。

阿瑟·姆·赛克勒博士参与了多个科研组织的领导工作，如1976至1987年领导营养发展基金会。他还担任了国际健康组织的官员。1969至1987年担任世界卫生组织的世界卫生人员国际特别工作组主席；1970至1987年担任国际社会精神病学协会主席；1973至1987年担任国际精神病疾病委员会副总裁；1981年担任在中国天津召开的第一届国际营养大会的副主席。

阿瑟·姆·赛克勒博士认为他首先并永远是一个科学家，但他同样热爱和注重参与艺术和人文科学。从上世纪30年代起，他就开始收藏艺术品。他最初的收藏是美国艺术家的绘画，之后又收藏前文艺复兴和文艺复兴早期的绘画，以及法国印象主义和后印象主义的绘画。

1950年，赛克勒博士看到了一张造型简洁优美的中国明朝的小桌子。从那时起，他开始收藏中国艺术品。赛克勒先生热爱中国传统文化，为透彻理解中国文化，他搜集了大量的中国古代文物，并成为国际最知名的中国艺术品收藏家。赛克勒博士的收藏兴趣相当广泛，他收集印度、日本和近东的艺术品，也收集欧洲和美洲的艺术品。藏品包括玉石、陶器、金属制品、纺织品、雕塑和绘画。他常说："我像一个生物学家一样收藏。要想真正了解一种文明或一个社会，必须拥有足够的主体材料。如果只看毕加索和亨利·摩尔的作品是不能了解二十世纪的艺术的。"

1985年，哈佛大学阿瑟·姆·赛克勒博物馆落成。1986年，赛克勒博士夫妇为北京大学阿瑟·姆·赛克勒考古与艺术博物馆和吉尔·赛克勒雕塑花园奠基。1987年9月，美国首都华盛顿史密森学会阿瑟·姆·赛克勒美术馆开放。

1976年，赛克勒博士首次来到中国。1980年，他将流失海外的一张原在颐和园的御座送还中国。1983年，他帮助创办了《医学论坛报》中文版。阿瑟·姆·赛克勒博士非常关注中国的文物保护事业。他决定与北京大学合作兴建一所用于教学的博物馆，他希望这座博物馆能够成为一个现代博物馆的范例，同时也为北大学生提供学习博物馆学的场所。1987年5月26日，阿瑟·姆·赛克勒博士因心脏病突发，在纽约去世。

人物贡献

1.资助北大考古馆。

2.北京大学赛克勒考古与艺术博物馆是中国高等院校中第一所考古专题博物馆。1986年，在阿瑟·姆·赛克勒先生的慷慨资助下，博物馆破土奠基。1993年5月27日正式开馆。深为遗憾的是赛克勒博士未能亲眼看见博物馆的建成。赛克勒博士去世后，博物馆的建设得到了其遗孀吉尔·赛克勒夫人以及赛克勒艺术、科学和人文基金会的大力帮助和支持。北京大学赛克勒考古与艺术博物馆是赛克勒先生资助建造的三座亚洲艺术博物馆之一，展厅面积为2000平方米。博物馆现收藏有两万余件藏品，其中多为中国考古学各时期的典型标本，如周口店北京猿人石器、新石器时代不同考古学文化的代表性器物、商代甲骨文、山西曲村西周古墓葬出土的铜器玉器，还有陶器、钱币、封泥和民俗文物等。

3.架起艺术和科学的桥梁。

4.赛克勒博士不但是文物收藏家和慈善家，而且还是一位科学家。

5.赛克勒博士在艺术界的成就带有传奇色彩。他的爱好之一就是参观博物馆和美术馆，并收藏了大量被别人忽视的艺术品。他对艺术的兴趣反映在他的慈善事业中，他不仅出资建造了哈佛大学赛克勒博物馆和华盛顿赛克勒亚洲艺术美术馆，还在纽约大都会艺术博物馆和普林斯顿大学建成了赛克勒美术馆。

6.将颐和园御座送还中国。

7.阿瑟·姆·赛克勒博士积极支持博物馆事业。20世纪60年代至70年代，在纽约大都会博物馆建立了阿瑟·姆·赛克勒中国早期石雕艺术品展厅，在普林斯顿大学的普林斯顿艺术博物馆中建立了阿瑟·姆·赛克勒展厅。他将自己收藏的18世纪意大利的艺术品捐赠给哥伦比亚大学Avery建筑图书馆。

“内容为王”的美国公共广播电台（NPR）

下午一点半赴美国公共广播电台（NPR）考察学习。这是全美三家最大的电台之一，也有人说是美国最大的公共广播电台，覆盖人口达全国95%。

NPR是一家享有国际声誉的非营利性发布生产商和经销商的消息、谈话及娱乐节目的公共广播电台，也是一家以美国本土民众为对象的综合性广播电台。在我国，有不少英语学习者通过收听其节目来提高自己的听力水平。

公共广播电台是美国媒体界的一个亮点，其他的传统媒体都在萎缩，只有电台是发展的。美国的一些公共电台之所以发展得比较好，一是因为创办了很多很有创意的节目，除了常规的新闻报道，还做深度的解析调查。二是因为美国人开车的时间比较多，收听新闻的也就比较多。

NPR不做广告，主要靠提供新闻盈利，也有一部分政府拨款，有点像国内的新华社。一些专题节目特别是新闻谈话类节目，收听率极高，节目主播都是在美国较有影响的资深记者，收听对象主要是40岁以上的知识分子和政府官员。电台还设有视频直播室、播客、网上广播，约一半的员工在做新媒体。全台共有1006家分支机构，都需要向总台购买节目。各分支机构均有自办节目，并吸纳广告以维持运营。

在一楼大厅，设有专门的纪念品店，所售物品价格不贵，也很有特色、很有品位，连我这种一毛不拔的人也忍不住买了不少诸如书签之类的小纪念品。

特别让我称奇的是他们的生态建筑理念，我们参观了他们的生态屋顶，冬暖夏凉，竟然还养有2万只蜜蜂，所产蜂蜜可以满足全体员工的需求。整栋房子93%的房间可自然采光。

而更让我感到自豪的是，一楼大厅的LED大屏幕是由上海一家公司制造的。

点滴感受美国公共文明

几乎所有去过发达国家的人回来后都有一个共同的感受，就是他们的公民文明素质高、公共文明程度高。

我这里说的公共文明主要是指公民在日常生活中、在公共场所体现出来的文明素质和修养，是人们在处理人与人之间、个人与公共利益之间的行为和表现。

这次来美国，我也是一直在观察。这里略举数例：

比如问候。每天无论在宾馆、在参访单位、在市区街道，无论是走廊上、电梯中、办公区，碰到有人他们总是面带微笑、主动问候，一声“你好”，一声“谢谢”，倍感亲切，倍感温暖。而我们却往往表现出很不习惯、很不自在、很难为情。在国内更是，人们即使同住一个单元，即使在电梯上只有两个人，双方如果不认识也不会问候打招呼，最常见的场面是：分别仰头盯着电梯上显示的楼层数字，或者低头看着自己的手机以避免尴尬。这次来美国有一个明显的感觉，就是随处都能碰到会讲中文的外国人，并且都热情主动地与我们打招呼，以表达对中国的好感。

比如排队。在纽约时，有个晚上大概九点左右，我正在酒店周围散步，远远看见昏暗的路灯下，有一支长长的队伍。我有点好奇，走过去一看，原来是当地市民在有序地等候公共汽车。还有登机时，国内常常会有广播说，从几排到几排的乘客和什么什么人先登机，但基本上都只是说说而已。而在美国，包括欧美其他我去过的一些国家，机场工作人员会很认真很严格地根据乘客的座位号把大家分成四五个组，分别排队，然后再一组一组先后登机，从而较好地保证了秩序和速度。其实国内的机票也把乘客分成A、B、C等不同的登机批次，只是并没有人去落实，很多乘客从来就没有注意过机票上的这个标记，当然更不知道它的含义了。

比如抽烟。现在美国对餐馆、办公室、宾馆等所有公共场所都实行禁烟，不再设立吸烟区。这项规定执行得很好，有些“瘾君子”烟瘾来了都自觉地在室外吸抽。我国前不久也以中央两办名义颁布了公共场所禁烟令，但除北上广等一些大城市做得稍好外，其他地方基本上没有落实，无法落实。即使在竖有“禁止吸烟”牌子的严肃会议室，如果主要领导点燃一支烟，一般是不会有人反对的，至于在办公室，在走廊、电梯、餐厅等禁烟场所吞云吐雾的现象更是司空见惯。

比如服务。有次我们在商场购物时，请服务员代叫出租车，她们非常热情，在我们等待期间不断给我们端茶倒水，车子到后坚持一定要把我们引导到车前。这在国内的服务行业是不大可能见到的。

比如警察执法。今

天晚上回宾馆时，我们在路上打了个出租车，由于地方不熟，司机错过了进宾馆的路口，考虑到刚驶过不远，而要从前面的出口再折回来则要多花很长时间，加上正下着大雪，路上基本没有什么车辆行驶，所以大家都认为不如倒一下车退回到路口，反正也没见着警察。可正当我们心存侥幸慢慢倒车时，司机最担心的事情发生了，一辆警车很快出现在我们面前，并当即制止我们的危险行为，但警察讲话时的语气很平和，当我们详细做了解释后，他表示理解，只是提醒不能再犯第二次。看来即使是号称世界上最有权威、最严厉的美国警察也有人性执法、温情执法的时候。

中国是千年古国、礼仪之邦，历来注重礼节、讲究礼貌。记得小时候，爷爷奶奶虽然没有文化却一直教育我，碰到了人一定要打招呼，对长辈不能直呼其名；来了客人一定要热情客气；要站有站相、坐有坐姿、走有走样；看见有乞讨的、残疾的，要给予帮助，绝不能讥讽取笑。凡此等等，铭记一生。过去我们提出“五讲四美三热爱”，号召文明礼貌要从说“你好”“谢谢”“对不起”“再见”做起，当时觉得这是不是太小儿科了，现在看来不仅没有过时，而且还任重道远。

这些日子在自助餐厅用餐多了，发现一个现象，就是大厅一般分上下或左右两个部分，以避免拥挤，而所有餐厅即使门脸再小也都分设两道门，一边进、一边出，以有序通行。个中精细，足以说明其以顾客为上的经营管理理念。

印象深刻的，还有厕所。在美国，厕所都提供免费手纸，哪怕是小餐饮店的厕所也都如此。早些年有个笑话，一美国人来中国上厕所没带手纸，弄得极为尴尬。国内有些城市公厕也曾实行过类似做法，据说一夜之间所有的手纸都被市民带回家了。在美国，很多地方的厕所除分男女外，还设有家庭厕所（又称第三厕所、第三卫生间），我开始不知道家庭厕所的概念，后来才搞懂，这主要是为了保护异性小孩或老人的隐私而设立的。我们可能也有过这种经历，当父亲带着女儿或行动不便的老妈、母亲带着儿子或年事已高的老爸上厕所的时候，不知道究竟应该选择去男厕还是女厕。当前国内正在推进“厕所革命”，准备从2015年开始用三年时间，新建、改扩建旅游厕所5.7万座。但“厕所革命”不能仅仅局限于旅游景区，而应该涵盖全域；也不能仅仅是数量的增加、硬件的达标，更重要的是软件管理水平的提升，特别是要注重结构的优化，以充分体现对未成年人、女性以及残疾人等特殊群体的特殊关爱。尤其是厕所文明的普及更是任重道远。有句话叫“物质文明看厨房，精神文明看茅房”，话说得有点粗，却很在理。厕所虽小，文明事大。

有人说，中国人是一个“只注重进口，不注重出口”的民族，“中国的餐饮享誉全球，中国的厕所臭名远扬”，对此我并不认同。据史料记载，早在西周时期，我国就出现了“坑厕”，秦汉时已经有了蹲式和坐式，并开始划分男女厕所了。唐代，还设有专司厕所的官员。明末清初，城市公共厕所已经大量出现。这些年，我们不仅在城市、在景区大力推进“厕所革命”，即使在广大农村，其改厕力度也是前所未有的。记得10多年前，我带当时只有6岁的儿子回老家，面对臭气熏天、苍蝇乱飞的粪坑式厕所，他态度坚决，死活不去，看着他憋涨得通红的脸，只好让他去田野、大自然中自行解决。当时有一句很形象的话：“鼻子就是通往厕所的路”。而现在，村民早已全部用上了水冲式厕所，村里还建有一个集中的生态化粪池，建立了公共厕所。据有关资料，目前，我国农村卫生厕

所普及率已由1993年的7.5%增加到目前的80%。到2030年，将实现全国无害化卫生厕所全覆盖。这真是一个改变农村面貌、改善农村环境、造福农村百姓的重大民生工程。

如厕问题是一个世界性问题，它不仅与经济社会发展水平直接相关，而且还涉及思想观念、风俗习惯等诸多方面。前不久看到一个有趣材料，说印度因宗教信仰的原因，许多人认为在家方便是不洁的，因此印度有超过70%的农村家庭没有厕所，有近6亿人在户外解决。所以2014年印度总理莫迪上台后，发起了“净化印度”运动。正因为这个问题显得如此紧迫、如此重要，世界厕所组织从2001年开始提议把每年的11月19日定为世界厕所日，2013年7月24日，第67届联合国大会通过决议，正式予以确立。

美国公民的公共文明素质还非常明显地体现在他们的乐业敬业上。从这些天每一位老师严谨认真的备课讲课，每一个参访单位领导、员工的接待、陪同乃至着装打扮，到各公共文化场所志愿者们的热情服务，再到肯尼迪艺术中心那位年近八旬、体重起码是我们两倍的老人一边气喘吁吁一边耐心地给我们介绍，国会山那个“小胖妞”讲解员自始至终甜美的笑容，无不充满着乐观向上、一丝不苟的精神风貌和职业操守。职业不分高低贵贱，只有乐业才能爱业，只有爱业才能敬业，只有敬业才能精业。职业精神对于一个单位、一个企业、一个国家、一个民族来说，都是极为重要的。

1月27日
星期二
华盛顿—洛杉矶

有趣的美国时区

今天结束在华盛顿的所有行程安排，前往本次赴美最后一站——洛杉矶。

由于时差的原因，从下午4点起飞后，经过5个小时飞行，到达洛杉矶的时间是当地时间下午6点多。原来美国不像中国有个北京标准时间，全国各地都用北京时间。美国共分九个时区，其中在大陆有四个时区，分别是东部时区、中部时区、山地时区、太平洋时区。海外还有五个时区：夏威夷时区、阿拉斯加时区、萨摩亚时区、夏莫罗时区、大西洋时区。每个时区采用自己的区时，如果再加上夏令时间的实施与否，一个美国可以复杂到十几个不同的时间。

我问导游为什么要这样做？他说主要是为了让不同时区的人都能共同感受、体验到大自然的一些独特规律和现象。比如我们常说青年人就像早晨八九点钟的太阳，如果时区跨度太大，而采用同一标准时间的话，不同时区的人对八九点钟的太阳是有不同的概念和解读的。就一如我们国内，当沿海地区傍晚太阳落山、夕阳西下时，新疆却还是烈日高悬、阳光灿烂。不知这说法是否属实。

国人初来美国，往往对这种时区划分很不习惯，有时也确实很不方便。举个例子，有一些州处于两个时区，如果公司在各地均有办公室的话，连定个开会时间都得明确是谁的时间，否则无所适从。

“大农村”洛杉矶

下了飞机，已是洛杉矶晚上7点多钟了。晚餐在一个小镇的中国人餐厅自助，感觉比华盛顿差很远，生意也不太好，除了我们只有零星几个外国人。而在华盛顿，所去过的中式自助餐厅都规模很大，菜品丰富，顾客盈门。相比之下，这里显然更落寞清寂。

车上听陈导介绍洛杉矶的概念，没听明白，吃饭时又问，他竟说这还真搞不清楚。

洛杉矶的历史可以追溯到1781年，西班牙殖民者在此建镇，取名洛杉矶，意为“天使之城”。1822年归墨西哥管辖，1846年美墨战争后，洛杉矶被纳入美国版图。

按陈导的说法洛杉矶是一个“非城市化的城市”，我在美国的一位老同学短信中跟我说的更直接、更形象，就是一个“大农村”。有同伴说在飞机上从第一眼看到洛杉矶到降落至少还飞了半个小时，我也看到了地面连续一片灯火通明的景象，我当时想，再怎么繁荣也不至于有那么大的规模吧？后来才弄明白，美国的行政管理层级和体制非常复杂，各地不一。洛杉矶实际上是加州的一个县，在

洛杉矶县下面有100个市，包括洛杉矶市。洛杉矶县总面积1.4万平方公里，接近北京的1.6万平方公里；总人口1000万，其中黑人538万，主要居住在洛杉矶市；华人70万，主要住在乡下。洛杉矶县虽为一级政府，却没有任何机构，只有5个宪政委员组成宪政委员会，负责协调100个市的有关事项，实际上是空架子。但所有的市都有市长和机构。真是一个怪胎。

说洛杉矶是一个“大农村”，还有一个印象，就是在城里很少

看到高楼大厦，即便在市中心，也是如此，其繁华程度就犹如国内一个市、县的水平。

居民也大都散落而居，一个社区十几户几十户人家，很有规划。房子一般都是独栋，多是一层、二层的平房，三层的很少见到，外表大多为白色或灰色，院子绿化很好，干净整洁，一如国内发达地区清静、生态、朴素的农村模样。

难怪现在很多中国移民都选择定居洛杉矶。

流浪者之都

“朱门酒肉臭，路有冻死骨”。美国作为全世界最发达最富裕的国度，一边是极尽奢华享受的富豪，一边是大量无家可归的流浪者。洛杉矶竟然号称“流浪者之都”。

有统计资料显示，2013—2015年间，洛杉矶县无家可归的人数增加了12.4%。同时，睡在大街上和汽车里的人数增加了85%。据洛杉矶无家可归服务管理局（Los Angeles Homeless Services Authority）介绍，这座城市里面的穷困人口增加了20%。

而据洛杉矶市政府房屋委员会的数据，即便政府投入了数百万美元进行救助，流浪者人数在2011—2014年间仍增长了9%。美国有线电视新闻网援引美国无家可归问题跨机构协调委员会（United States Interagency Councilon Homelessness）2015年的数字，整个加州共有约11.4万流浪人员。

其实，流浪者问题并不是洛杉矶独有的现象，而是全美国的问题，享有“流浪者之都”称号的，也不仅仅只是洛杉矶一个城市。美国住房和城市发展部2013年度的评估报告称，美国共有61万无家可归者（美国一般叫“homeless”），其中65%住在庇护所，其余35%则露宿街头。这些天，我们从纽约到华盛顿再到洛杉矶，从城市广场、街心花园到街道、路边、桥洞，都能看到城市流浪者的身影。

流浪者一般可分为两类，一是由于房租不断上涨、低收入以及高失业率而导致的无家可归者。调查显示，美国23%的无家可归者，是有孩子的家庭，这些家庭在大街上度日的主要原因，是缺乏可承租的住房。二是残障、精神疾病和滥用药物等人群，这部分人大都为单身。

为了治理无家可归问题，1987年，美国联邦政府通过了第一个全国性的救助法案——《无家可归者救助法案》（后更名为《麦金尼-凡托无家可归者援助法案》），为流浪者提供紧急避难保护、职业培训、医疗保健和教育等救助。许多城市也纷纷出台了不少救

助措施。比如定期给无家可归人员送上救济，修建“廉租房”。纽约市还建立了230个避难所。

在洛杉矶期间，刚好看到华人报纸《侨报》的一则新闻：“洛县计划今年底全部安置无家可归老兵”。说的是联合基金会大洛杉矶分会和洛杉矶商会共同启动实施了一项名为“The Home for Good”项目，共募集资金4亿多美元，主要用于建设永久性的支持无家可归者的房屋。他们提出的目标是，到2015年底，使现有的4600名无家可归老兵全部得到妥善安置。

值得注意的是，近年来，美国一些地方又出台了一些对流浪者进行限制的规定。比如2009年以来，以加州和佛罗里达州为首，全美范围内出台了许多有关禁止滞留街头、行乞和在公共场所坐卧的法律法规，有18%的城市禁止在公共场所睡觉，42%的城市甚至禁止在汽车内过夜。如果违背相关规定，即可能遭到警察的驱逐乃至罚款。这对本来就生活在最底层的流浪者们来说，无疑是雪上加霜。

最近，洛杉矶政府因每年以超过1亿美元的资金用于救助流浪者而引起激烈争论。持反对意见的人认为：纳税人的钱怎么可以用来帮助流浪汉？

这种争论当然也与流浪者本身存在的比如酗酒、吸毒、犯罪、不工作等问题有关。有些流浪者把获得的救济款拿来买大麻、买酒。在流浪者内部，大麻、毒品交易泛滥，犯罪事件时常发生。据有关权威数据，洛杉矶无家可归者中有三分之一是妇女，人数超过14000人。这些无家可归的妇女面临着惊人的暴力威胁，2015年有近一半在贫民区生活的妇女遭受过攻击，其中四分之一以上遭到性侵犯。

这使我想起纽约自由女神像基座上镌刻的选自犹太女诗人爱玛·拉扎露丝（Emma Lazarus）的十四行诗《新巨人》的最后几句：

把你的疲乏困倦交给我，

把你的贫穷疾苦交给我，

那渴望自由呼吸的蜷缩身躯，

那彼岸无情遗弃的悲惨魂魄。

不论是无家可归，

不论是饱受颠簸，

全都给我，

全都给我！

在这通向自由的金门之前，

我高举照亮黑夜熊熊灯火。

理想很美好，现实很残酷。愿她真能施展其无穷神力，来救济这苦难的世界。

最危险的职业——警察

一路上，陈导反复提醒洛杉矶的治安状况非常不好，盗窃非常猖獗，叮嘱大家一定要把包随时背在身上，吃饭时哪怕几秒钟都不要放在凳子上或其他什么地方。他绘声绘色地讲了一个他负责接待的同胞在洛杉矶被抢劫的故事，当时发现东西被抢之后，因盗贼是亚裔所以马上就追上去并把东西要回来了，如果是黑人，情况就可能完全不同了，因为他们手里往往有枪。其实在纽约时，导游也是

反复提醒晚上八九点钟以后最好别出去，哪怕是在中心城区逛街也要极为小心。

导游告诉我们，在美国，警察是最危险的职业。这显然与美国的枪支犯罪密切相关。据统计，美国民间的枪支超过3亿支，平均每100人拥有88.8%支枪，人均拥枪量全世界第一；美国人口占全世界5%，但群体性枪杀残案却占31%，一年发生30多万起枪案，有3万多人死于枪击。据美国联邦调查局2013年的分析报告，在谋杀案中有69%使用各类枪支、抢劫案中有40%使用枪支、殴打案中有19.3%使用枪支。

正因如此，美国有关法律规定，在处置一些事件时，如果警察感到自己的生命安全受到了威胁，可以伺机开枪处置。所以在美国，警察的权威是极高的，也不容挑战。有一则报道：2004至2011年间，美国共有2718起警察“合法杀人”事件，其中仅41人被控谋杀或误杀；而据FBI的统计报告显示，2013年美国警察“正当杀人”达461人，连续三年增长，实际数字可能两倍于此，甚至更多。

既然涉枪犯罪如此严重，为何不控枪、禁枪呢？实际上，美国每一次发生大的枪击案，控枪的呼声都会高起，但很快又归于平静，直到枪声再次响起再次成为新一轮的新闻事件、舆情焦点，如此循环往复。最近看到一篇英国广播公司（BBC）的分析文章，该文列举了美国控枪难以实现的几大障碍，其中有两点对我触动很大。第一是美国全国步枪协会（NRA）的原因。该协会是美国政治中最有影响力的利益团体之一，这不仅是因为协会舍得花重金用于游说政客，每年金额都达数亿美元，还因为该协会与500万会员紧密联系，具有非常强大的号召力和影响力。而美国枪支产业每年高达三四百亿美元的产值，也为这些协会和企业进行相关运作提供了坚实的物质基础。相比之下，美国禁枪协会就显得人微言轻，无论资本实力还是政治技巧都完全不能与步枪协会和大型军火公司相比。最后起作用的还是利益。在军工资本家的巨额利润面前，一切正义、合理的呼声都是微不足道的、徒劳的。第二个原因是民意，这是我万万没有想到的。文章称，控枪法最大的障碍恐怕莫过于全国反对立法禁枪的人非常坚决，而支持立法控枪的人，只是在每次出现枪击案时才情绪高涨。事实上美国公民并不那么支持控枪，或者说支持控枪的人并不占多数。很多美国人都认为："只有让好人有枪，才能阻止坏人开枪。""如果出现枪击案时受害者有枪，那么加害者很可能不敢行动，如果真的敢于行动也会很快被处于多数的正义公民反击。"对于美国人而言，枪已是他们生活的一部分，是美国文化的一部分，是他们所谓公民自由的基础。

其实真要禁枪，还要过一道法律关。美国宪法第二修正案规定："保障一个邦的自由，必须有一支管理良好的民兵，不得干涉人民持有、携带武器的权利。"正因为宪法中明文规定人民拥有"持有、携带武器的权利"，枪支作为武器显然无法全面禁止，而只能是加强管理。而且目前禁枪与控枪之争，还成为美国两党政治互不相让、相互攻击的死结。我不知道这是美国人的幸福还是悲哀，也不知道美国人民还要为此付出多大的代价。

2013年4月13日，美国枪支管理修正案在参议院以54：46票被否决后，奥巴马十分悲伤地说："这是华盛顿蒙羞的一天。"

与美国相比，我们国内的社会治安是多么祥和、多么稳定。能有如此幸福安详的生活，我们每一个人都应该知足、感恩，都应该珍惜、维护。那是我们的人民警察付出了多大的代价和牺牲才换来的啊。据公安部资料，2010年至2014年，全国公安民警因公牺牲2129人，平均每年牺牲425人，牺牲民警平均年龄45.5岁，七成人员为中青年民警。

路上问梁师傅，来美国9年，对美国人大量拥有枪支有没有安全上的担心，他表示完全没有。他认为美国人的法治意识很强，该做什么、不该做什么心里很有数，虽然这些年出了不少校园枪杀案，但与美国人所拥有的枪支数量相比，案发率还是很低的。梁师傅在来美之前，还在巴西和欧洲待过一段时间，相较而言，还是觉得美国比较安全。我想，这应该与他所居住的城市和社区治安环境有关。在美国，富人区与穷人区、白人区与黑人区有着天壤之别。

有意思的是，根据美国劳工部劳动统计局（Bureau of Labor Statistics）的数据，2014年美国十大最危险的工作群体，按照危险程度由轻到重分别为：建筑工人、农场牧场工人和农业管理者、司机（包括流动推销人员）、电力线路安装及维修人员、垃圾和可回收材料收集者、建筑业钢铁工人、屋顶工、飞机驾驶员和飞机工程师、渔民、伐木工人。伐木工不仅是美国最危险的职业，每10万名从业工人中就有128人死亡，而且他们的报酬也很低。而据美国劳动统计局发布的另一项统计数据显示，矿工和警察是最危险的工作，在这两个职位上因公死亡人数最多。这也许比较符合实际。

其实，危险职业的评判不能仅仅看最后的死亡率，还要看平时工作的危险系数、生死考验程度。

1月28日
星期三
洛杉矶

北美最具影响华文电视媒体——凤凰卫视美洲台

昨天还是大衣裹身，今天已是薄衣单裤。“加州阳光”名不虚传。

上午参观凤凰卫视美洲台。该台台长吴晓镛先生向我们详细介绍了相关情况。吴先生是前国务委员、外交部部长吴学谦的公子，早年在香港凤凰卫视总部从事节目采购和市场拓展工作。2000年美洲台成立时上任，一个人白手起家，短短15年时间，凤凰卫视美洲台发展迅速，已成为在北美用户最多、最有影响的华文电视媒体。目前，凤凰卫视节目已全部进入美国卫星网和有线网，用户约20多万户，占华人电视用户总数的30%。美洲台的节目全部在香港总部制作后通过光缆传输到美国，他们只制作很少量的自办节目，周一至周五每天播出一小时，主要是面向华人介绍一些有关法律、留学、居留、美食、健康以及华人社区活动等内容。由于凤凰卫视背靠整个中国内地，所以其节目质量和影响力是香港亚视、翡翠台和台湾东森电视所不能比的。美洲台的主要工作是上网（指电视网）、市场推广和客服，目前已有盈利。

据了解，美国有线电视收入主要是三块，一是收视费，每户每月60美元，可以保证收看到100多个台；二是广告费，美国广告投入人均达150美元；三是点播收入，主要是电影、体育等节目，还有成人频道，据说有几百亿美元的收入。在美国，已基本无人收看免费电视。

吴先生认为，在北美发展电视业，关键要解决好三个问题，一是能够看到的问题；二是有人看的问题；三是持续看的问题。他认为目前凤凰卫视均已做到，所以他们的入网工作不像其他电视台那么困难，很顺利。现在央视在华盛顿设立分支机构，招聘了100多人，准备面向美国听众做英语节目，他认为这不可能成功，因为解决不了第二个问题。至于这些年曾多次得到中央领导肯定的半岛电视台和今日俄罗斯电视台，他认为在第二个问题上也无法突破。尽管半岛电视台因卡塔尔富得流油不差钱，且也高薪挖了不少美国著名的记者，但在美国仍没有大的影响。

吴先生跟我详细解释了为什么美国人不会看外国人办的英文频道。他说，美国付费电视有200多个频道，一般家庭经常收看的不会超过10个，他们会选择一个有线网的频道，1—2个专业新闻频道，如CNN、彭博社、福克斯，1—2个家庭频道，1—2个卡通频道，1个电影频道。所以他反问道：典型的美国家庭怎么会去看一个外国人办的英文频道呢？如果是学者想搞研究，他们会直接去看中文频道。美国的广大消费者有了解中国的愿望，有市场，问题是怎么满足他们的需求。在吴先生看来，唯一有效的办法就是通过一些间接的渠道去收购或控股美国有影响的电视台或栏目。

就是我们常说的“借船出海”“借鸡生蛋”，就是我们强调的“本土化”。

可这一想法并不容易实现。因为早在1938年美国就制定了《外国代理人登记法》，对外媒进入及其“政治和文化宣传”活动，进行严格的限制。

吴先生认为，现在国内一些对外宣传之所以效果不理想，主要是不符合美国人的话语体系和审美情趣。他建议要更多地采取与国外合作的方式去摄制节目，比如由美国人拍摄的《云之南》《中国的崛起》，中日合拍的《丝绸之路》等，都在美国引起了极大轰动。他说，很多时候，我们对美国人的印象和评价都是我们想象出来的，千万不能想当然、自以为是、自我欣赏。

我问吴先生美洲台成功的主要经验是什么？他回答说：最主要的是内容为王。

吴先生还表达了与江西合作的愿望，并准备近期找机会来江西访问。

作为有国内背景的电视台，能有如此骄人业绩，我真是由衷地高兴。祝愿凤凰卫视美洲台越办越好。

环球影城与中国元素

下午去好莱坞参观考察环球影城。到了美国才知道，好莱坞是洛杉矶一个城市的名称，并不是原来认为的是一个影城或影业公司的名字。

美国环球影城也叫好莱坞环球影城，是世界上最大的电影、电视制片厂及以电影题材为主的主题公园，位于好莱坞附近的Universal City。20世纪初，电影制片商发现这里有非常理想的拍片自然环境，便陆续汇集而来，使这一块土地逐渐成为世界闻名的影城。1908年好莱坞拍出了最早的故事片之一《基督山恩仇记》。到1928年已形成了以派拉蒙等“八大影片公司”为首的电影企业阵容。上世纪三、四十年代是好莱坞的鼎盛时期，摄制了大量成为电影史上代表作的优秀影片，并使美国电影的影响遍及世界。

环球影城规模很大，游人如织，并且还在不断建设中。据说因为不是旅游旺季，今天的游客还算少的。影城

DAME TUSSAUDS
RIGHT LANE
MUST
TURN RIGHT
Orange Dr
$5
CLOSING
SALE!
LA COACH
SHERRY LANSING
WILLIAM FRIED

收费标准是：成人49.75美元，48英寸（122厘米）以下儿童39.75美元，3岁以下免费。让我们感到惊喜和意外的是，这里也是到处都有中文提示语，有个排队的地方竟设有中国人专用线路。

因为时间关系，我们只体验了四个特色项目，一是变形金刚3D过山车仿真特效；二是木乃伊复仇惊悚之旅；三是侏罗纪公园曼妙、刺激的激流勇进；四是拍摄外景地参观及有关情景再现。看得出，这些项目很受各种年龄层次游客喜欢。但说实话，所有这些项目，并没有什么大的技术难度，也没有什么特别奇特的地方，国内完全可以做到。记得前几年我们在南昌打造了一台大型历史风情魔幻歌舞《神奇赣鄱》，在国内外广大观众中引起极大反响和赞誉。一天晚上，美国一家在拉斯维加斯做赌场和文化旅游演出运营的MGMR ESORTS INTERNATIONAL公司副总裁William M.Scottiv先生在观看演出中途迫不及待地叫翻译找到我，说演出太精彩了，特别是水系统的表演太震撼，在美国还没有看到过，希望有机会与我们合作，并留下了联系电话。我们不缺资源、不缺技术、不缺资金，可能也不缺人才、不缺创意、不缺制作，差距在眼界层次和魄力上，在经营思路和理念上，在对外宣传策划和包装上。比如北京的中影拍摄基地、浙江的横店影视城、宁夏的西部影视城，都没有做大，没有做出应有的影响，特别是国际性的影响。

据悉，近些年来，环球影城一直寻找机会想进入中国，并先后考察过多个地方。前不久有消息称，环球影城北京项目最终通过审核，地址位于通州，建筑面积20.64万平方米，总投资超过120亿元人民币，并已列入北京市2014年重点工程。

最值得一提的是以好莱坞为代表或代名词的美国电影，目前每年创造的综合经济效益在500亿美元以上，特别是在海外市场的占有率、影响率越来越大，出口额超过130亿美元，对全球票房的总贡献率高达60%。美国电影已经成为国家软实力最重要的组成部分，成为传播美国精神、美国价值、美国理念最重要的渠道和载体。2015年，我国年产近800部电影、票房收入为438亿人民币，这表明我国已是世界电影大国，但什么时候成为世界电影强国，也担当起向世界传播中国文化、中国精神的重任呢？

随后参观了国人耳熟能详的星光大道。所谓星光大道，其实是一条很普通的街道，只是在街道路面的大理石上印有不少的五星图像以及一些知名导演、演员的名字而已。我们边走边看，感觉那些大腕也蛮不爽的，每天被来自世界各地的游客踩在脚下。按照中国的习俗、说法，这并不是什么祥瑞之事。大家熟悉的所谓手印脚印区就在街道中间一角，实在没有半点高大上的感觉。在那里留印的华人有成龙、吴宇森、冯小刚、赵薇、黄晓明。这并不代表什么，充其量就是一个旅游景点的小小创意而已。

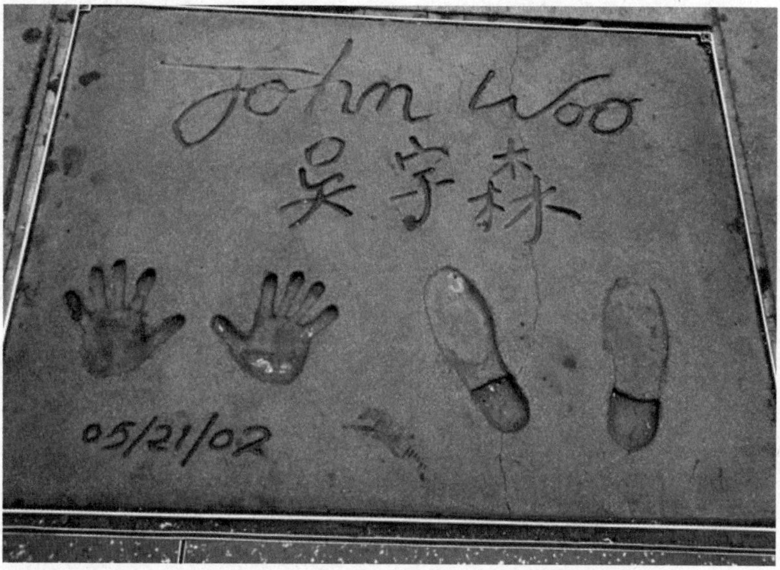

在星光大道上，我们竟碰到了强买强卖和碰瓷者，特别是强买强卖简直到了死缠烂打的地步，有个人甚至在明显威胁。在美国这样的文明发达国家，在一个世界各国游客汇聚、极具国际影响的地方，在这块星光灿烂、令无数人梦寐以求的光鲜之地，也是鱼龙混杂，暗流涌动。导游提醒我们，对付这些人唯一的办法就是置之不理，千万不要搭讪。

让我惊喜的是，这里竟有一座独具中国特色、中国风格的建筑——中国剧院。

中国剧院，也被称为“格劳曼中国剧院”，是由美国马戏团团主悉德·格劳曼（Sid Grauman）在1927年出资兴建的。剧院建造在星光大道上，看上去像一座红色的中国式寺庙。一条巨大的中国龙盘踞在建筑的入口处，两头石狮子守卫着大门，还有许多小龙装饰着铜制的屋顶。

之所以创建中国剧院，是因为格劳曼有一位来往甚密的华裔朋友凯伊·卢克。卢克也是一位造诣很深的演员，他出生于西雅图，上世纪20年代到洛杉矶谋生，与格劳曼相识，两人后来成为至交。卢克对中国和东方文化的修养与兴趣对格劳曼影响很大，他支持格劳曼修建了中国剧院。

中国剧院曾经举行过多次奥斯卡颁奖仪式，而现在的举办地是杜比剧场（原来叫柯达剧场），将延续到2033年。杜比剧场为高地公司下属杜比公司所拥有。

回来时路经比弗利山庄。比弗利也是一个城市名，是有钱人聚居的地方，好莱坞不少明星都居住在这里。附近有世

ESPAÑOL
普通话

界顶级的奢侈品店和豪车专卖店。

一路欣赏着迷人的景色，心里却想起一个令人揪心的话题：20年内洛杉矶将有一场毁灭性的大地震。当地有一个说法，说这场地震不是会不会发生而是什么时候发生的问题。所以当地居民一直忧心忡忡。大自然就是这么任性，这么无情，让我们一起祈愿这里的人们幸福安康。

1月29日
星期四
洛杉矶

《洛杉矶时报》与沉默的提问

上午参观考察《洛杉矶时报》。有资料说，该报是美国西部最大的对开日报，其影响和地位仅次于《纽约时报》和《华盛顿邮报》，被称为美国的第三大报纸。令我不解的是，那作为世界发行量最大的《华尔街日报》，排在第几位呢？后来翻阅有关资料，心里猜测，这所谓三大报纸会不会是指创刊的时间最早呢？因为《纽约时报》《华盛顿邮报》《洛杉矶时报》刚好按顺序分别创办于1851年、1877年、

1881年，而《华尔街日报》则在1889年才创刊。

《洛杉矶时报》目前发行量50万份，有盈利，主要收入来源一是订阅，每年每份300美元，二是广告。有材料说，《洛杉矶时报》的广告登载量为全美报纸之冠，我看不一定是事实。

该报财政上受控于美洲银行集团，与摩根财团也有关系。其实，美国所谓的独立媒体，特别是大媒体，都是为大资本家、大财团所拥有的。比如《华尔街日报》和福克斯广播公司属于默多克的新闻集团，《纽约时报》《国际先驱论坛报》为苏兹伯格家族所控制，《华盛顿邮报》长期被格雷厄姆家族所掌控。所谓独立也许一定程度上可以独立于政府、独立于政党，却无法独立于资本。

他们的审稿制度分三个层次，一般的内容由编辑审定，重大新闻要层层送审，如涉及面比较广、可能引起法律纠纷的，则交由报社专门聘请的律师团审定。

《洛杉矶时报》每周有2到3条关于中国的

新闻。参观时看到当天报纸有关于上海踩踏事件，以及中国欲投资墨西哥做大型商场的报道。

报社有网上直播节目，员工约50人，占整个员工总数（600人）的1/12。报社与电视台建有良好合作关系，自己设有3个电视录制棚，还办有一个世界美食试验室。但他们的指导思想是全力以赴办报纸，并在北京、上海设有分支机构。

和《洛杉矶时报》一样，美国的报纸一般采用瘦报型，据说主要是为了节约资源。

向我们介绍情况的是一位日裔工作人员，在讲解过程中，他除了反复提醒不准拍照、不能对着人拍照，反复提醒要注意让道以外，就是不断地询问“有什么问题吗？”，而我们的回答往往都是“没有”。以致后来他就常嘲讽式地自问自答：“有没有问题？”“没有！没有！”让我听了感到脸上火辣辣的。

回想起前几天在乔治·华盛顿大学上课时也是如此，教师在讲课前总是反复征求意见，希望了解大家的学习目的。尽管我们事先做了充分准备，包括预设了很多提问，但刚开始还是有点不很适应。提问是一个非常重要的教学环节、教学过程、教学内容、教学模式，学生能不能提问以及提问的水平反映了学生在课堂上的专注力、理解力、思考力，而提问对老师也是一种启发、一种反向提示、一种促进提高。只有强化提问，才能更好地激发学生的学习能动性和学习潜能，达到教学相长的效果。这也是西式教育一个非常重要的优点。而目前国内大多数学校的教学模式仍然是单向灌输式、被动接受式，造成的结果是学生缺乏思维的能力、怀疑的能力、创造的能力。这就是为什么一些在国内成绩平平的学生到了美国之后，经过几年的学习锻炼，往往成为一个优秀学生的原因。

国人的不善提问，不仅表现在课堂教学上，在其他公务接待交流中也时常出现。据说有极少数国内公务团对学习交流没有足够的重视，没有认真准备和思考，当对方问有什么问题时，往往都是提一些最简单、最基本的ABC常识，比如你单位是一个什么性质的单位，组织构架是怎么样的，有多少员工，等等。有的接待单位很不给面子，说这些问题直接去查百度好了。但愿这种现象只是极个别的案例，但愿这种现象越来越少。孔子曰："学而不思则罔，思而不学则殆"，学而思、思而学是我们中华民族的优秀传统和品质。

世界种族大熔炉

考察完《洛杉矶时报》，又到市区分别考察了日本城、墨西哥城和中国城。三个民族、三种文化，各有特色。

日本城又称小东京（Little Tokyo），小而洁净、安静，充满日本风情。它形成于20世纪初，是美国最大的日侨和日裔美国人小区，是南加州日本裔美国人的文化中心，也是美国三个正式的日本

街之一，另外两个分别位于旧金山和圣荷西。

日本城虽然只是一条不长的街道，但无论是街头景观、绿化，还是两边错落分布着的各色门店风格、装潢都体现了日本人精致文化的特色，极为细致、细腻，环目所视，处处乃景，是一种美的享受。

据说小东京的年度盛事是每年八月举办的Nisei Week，有花道、茶道、书道、日本艺术等各种表演活动。每年元旦及初夏时节，还会举行盂兰盆舞及太鼓表演，很受欢迎。只可惜，我们来得不是时候。

墨西哥城热闹、嘈杂，犹如一个综合商品市场。其实也是一条只有200米长的街道，叫奥尔韦拉街（Olvera Street，又名墨西哥街）。这里是洛杉矶的发祥地，是洛杉矶最古老的街道之一。1877年为了纪念洛杉矶县第一位法官奥尔韦拉而改为现名，1930年重新翻修为现今的墨西哥街。这条街对于中国人来说会有一种似曾相识的感觉，它就像国内许多城市中的小商品街、步行街，街道两边和中间都是商铺、店面，所销售的大多为富有墨西哥特色的银器、玻璃器皿、皮革制品和民族服装等。我们去时，游人很多，很是热闹。

而中国城规模最大，坐落在洛杉矶市中心。据介绍，由于当地华人分别来自中国大陆和台湾，所以这条街每年都会出现一个怪现象，10月1日国庆节时大陆来的华人升起中华人民共和国国旗以示庆贺，而“双十节”时看到的却是一片青天白日旗。这种现象什么时候可以结束？两岸何时才能统一？严峻的现实留给我们的时间不会太长，也不能太长。

除了“小东京”“小墨西哥”“小中国”外，洛杉矶还有“小大阪”“小韩国”“小台北”“小西贡”“小埃塞俄比亚”等各具特色、各具风情的小城。据说洛杉矶共有80多个民族杂居于此，其中墨西哥人和西班牙语系移民约占总人口的三分之一。所以有人说，洛杉矶是“世界上最大的种族大熔炉”。

在日本城邻街位置上，看见有一个自动售报箱，里面竟有《中国日报》，有点意外，

有点欣喜。《中国日报》创刊于1981年，目前海外期均发行量60余万份，是中国了解世界、世界了解中国的重要窗口。

访友路上警笛声

下午3点多，朋友一家来酒店看我。他乡遇好友，心情特别高兴。为了孩子的教育，他们去年刚刚移民洛杉矶。

本想去他家看看，考虑到比较远，晚上就直接去了吃饭的地方。这是一个广东人开的海鲜餐厅，用餐环境很好，烹饪技术也很高。早就听说美国人在饮食方面有些奇怪的癖好，比如不吃动物内脏，不吃小龙虾，不吃乌鱼、鲤鱼等，而所有这些对于中国人来说可谓是美味极品。朋友告诉我，美国人不喜欢吃河里的鱼，不知道是嫌刺多麻烦，还是觉得腥味重，因此有亚洲鲤鱼泛滥成灾一说。海鲜通常比国内便宜。萝卜白菜，各有所爱。就让美国朋友继续每天愉快地享用他们的牛肉和面包去吧。

饭桌上我们聊了很多，问了不少我一路走来疑惑的问题。朋友虽然来美时间不长，但他对美国的所知所感很独到，有的还很深刻。他告诉我：

·美国人具有很强的战略思维，为了国家利益，谋划很长远。

·加州是美国最富有的一个州，经济总量占全国1/10，如作为一个国家，可以在全世界排在第七位。

·美国修路建桥速度慢，效率很低，但也牢固耐用。

·在美国，有些酒店、高尔夫球场，实行会员制，不对一般人群开放，不是花钱就可以享受的。

·与国内相比美国汽车显得很便宜，一般是国内价格的1/2。在洛杉矶这么大一个城市，地铁轻轨很少，难见出租车，公交车少，间隔时间长，因此坐的人很少。由于幅员广阔而分散，私家车成了人们出行的首选，所以美国被称为“汽车轮子上的国家”。不少美国人喜欢采取租用的方式，3至5年一个周期更换。所以美国的汽车租赁业、二手车市场非常发达。美国3.2亿人有2.5亿辆车。

这些信息虽然零碎，是茶余饭后的闲谈，但仍能给我们很多启迪和思考。

晚饭后到附近一超市给家人和同事买了些巧克力等小礼品。原来在美国，不仅有那种大型的仓储式超市，还有就近方便市民的小规模超市，这些超市专为社区居民提供服务。此外还有高档超市专卖有机食品。

据介绍，在洛杉矶开超市的基本上都是台湾人，报纸也基本上由台湾人控制。过去台湾人与大陆来的人常有对抗，现在越来越少了。台湾人政治意识强，大陆来的政治意识弱，华人虽然建立了很多社团，但不抱团，各占一方，谁也不服谁。由于分散，所以美国总统竞选也就不在乎华人。这可能也是华人在美国一直处于低层、边缘而无法融入主流社会的重要原因。

在送我回酒店的路上，忽闻警笛声，朋友立即刹车停在路边等候警车过去。我以为是他刚来美国碰到这情况有点紧张不知道怎么处理。随后他告诉我，在美国，如听到警车、消防车

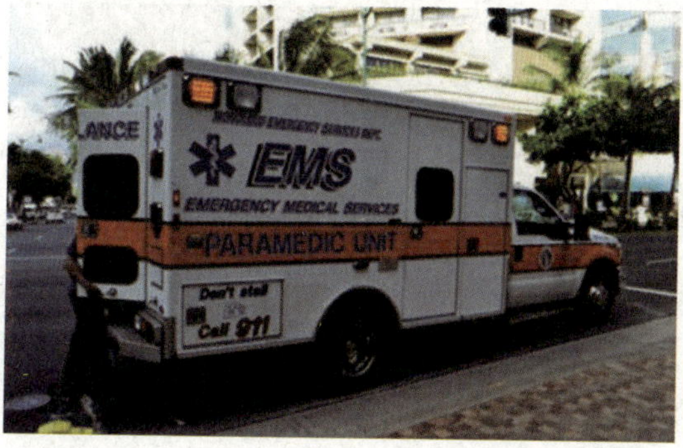

的警笛声，所有行驶车辆必须马上靠边停，等候通过。我突然想起在我们生活的城市，经常碰到在街上不管救护车如何急促鸣笛，车友们却是充耳不闻，视而不见。救护车只好左冲右突，尽力争取宝贵的救治时间。媒体上还宣传过不少动用警车来护送病人的感人事迹。我们能不能也学习借鉴一下美国的做法呢？

据说美国的消防车不仅救火，还有救护的功能。只是在欧美发达国家，无论是出警和救护，都是需要付费的，而且是高额费用，一般工薪阶层难以承受。所以在美国，当地华人特别是留学生有一句口头禅，如果有事有病有人问要不要给你叫个警车或救护车，往往脱口而出："I am fine，thank you。"其中的无奈和苦涩只有他们自己才能体会。

中国新移民

在美国这些天，总是听到"老中"的称呼，刚开始以为是叫谁"老钟"，后来才知道是对早期来美华人的专称。也有叫"老侨"的。但无论是"老中"还是"老侨"，总感觉这称呼有点不妥，有一种歧视、贬损的味道。也不知道是谁、从什么时候叫起来的。

和魏老师闲聊，了解到一些在美华人的情况。据他介绍，目前在美华人约500万，其中纽约约150万。在纽约的华人中，最多的是福建人和广东人，尤以福建人为多，约占总人数的1/3。为什么福建人会这么多？据说主要是靠偷渡。福建人偷渡有个绝活，他们一般不搞那种用假证件蒙混过关的做法，因为用假证也能确定你是哪个国家的公民而被遣送回国。他们都持正规签证护照来美，他们下机后、入关前，先到洗手间把护照撕毁并用水冲掉，然后再入关，当海关人员要他们出示护照时他们说护照丢失了，海关人员对此没有办法，只好交给警察局或移民局处理，一般有三个月的申诉、缓冲期。这时，在美国的蛇头就会出面找来律师，据理力争，利用美国法律的漏洞，通过法院判决留在美国。早些年有个福建大蛇头叫郑翠萍，赫赫有名，相关部门抓了她几次，因找不到任何一个举证人，只好每次都放了她。直到前些年才因证据确凿而被正式判刑。

上面说的是过去的老移民的故事，感觉不太可信，但郑翠萍确有其人其事。有“偷渡皇后”“蛇头之母”之称。

我查阅了一下有关资料，美国华人绝对数最多的是洛杉矶，大陆改革开放以后的新移民大都选择在此；而华人人口比例最大的是旧金山，该市80万人口中20%是华人。

最近又看到一则资料，对华人新移民的情况有了一个大致的了解，总的来说就是年龄、学历、收入“三高”：从年龄上说，在美华人移民的中位年龄为45岁，所有出生在他国的中位年龄为43岁，而所有美国出生的美国居民的中位年龄是36岁。2013年，76%的在美华人居民处于工作年龄（18岁至64岁），17%长于65岁，7%在18岁以下。从学历来看，2013年，25岁以上的华人居民中，有47%拥有本科及以上学历，远高于所有出生在他国的在美居民（28%）和所有在美国出生的美国居民（30%）。从收入来看，华人居民家庭的中位年收入为5.7万美元，比在美国出生的美国居民的中位家庭年收入多4000美元；出生在国外的美国居民中位家庭年收入则只有4.8万美元。虽然总体上在美华人情况较好，但值得注意的是，华人居民的贫困人口并不少，约占华人居民人口总数的19%，大大高于在美出生的美国居民15%的贫困人口比例。这也从一个侧面说明，华人居民的贫富差距还是比较大的。

当问及在美华人对祖国的感情包括对党和政府以及制度的认同度时，魏老师认为从祖国感情来讲肯定任何华人都是有的，即使是"法轮功"宣传人员，在对祖国的情感认同上也不会有问题。至于政治和意识形态认同，他认为持较左和较右的人都是少数，绝大多数表示理解和支持，认为这是中国国情特别是中国的人口数量和历史文化传统所决定的。

今天才搞清楚，魏老师名字叫魏中军，原来在辽大任教，1989年，作为副教授的他受学校派遣赴美做访问学者，后来没有回去，他反复解释这绝对与"政治风波"无关。留美后曾从事经营活动，现在专事写作，并经常回国讲学，是上海科技大学的客座教授，对祖国的发展非常关注，思维活跃，经常在微博上发表时政意见，基本上都是建设性的。他说他就代表了在美最大多数的华人和华人学者。我听了颇为释然。

1月30日—2月1日
星期五
洛杉矶—上海

结 语

今天从洛杉矶返程回国。还是美联航，目的地上海。

舱内的灯光早已暗淡下来，同伴和乘客们也都渐渐进入了梦乡，而我的思绪却仍萦绕在那20天的难忘时光中，久久不能平静。我们常说，中国人一出国就更爱国。这次美国之行又何尝不是如此！

最后想再用几段话来概括一下我的考察学习心得，结束我的赴美日记：

美国拥有得天独厚的自然条件，有很好的发展基础、发展环境，但其自身的弊端和痼疾也已日益显现，可怕的不是问题本身，而是面对问题束手无策、无能为力。

时代在发展，世界在变化，面对世界格局的新变化新态势，美国人做好准备了吗？能以新的心态、新的姿态融入新的世界体系，共同构建人类命运共同体吗？“西方中心论”“白人至上主义”该休矣。

近代以来中国一直在向西方学习，但“向西方取经”绝不是要“西化”“美化”，再好的经验也要合国情、接地气、服水土。美国的月亮并不比中国圆，美国不是天堂，更不是所有人的天堂。

中国最大的优势，是制度优势、政治优势，这是我们的根本，是我们制胜的法宝，也是美国和西方最不遗余力攻击的“堡垒”，他们害怕的不仅仅是中国的崛起，还有非西方政体的成功！

中国的实力、影响越来越大，三十年河东三十年河西，历史潮流不可阻挡，世界大势浩浩荡荡，未来一定属于中国、属于伟大的中华民族。

再见了，美国！

祝福你，美国！